JOHANNES WILKES

Der Fall Nietzsche

Mütze und Karl-Dieter ermitteln

WILLE ZUM MORD Erlangen fiebert der Neubesetzung des renommierten Schelling-Lehrstuhls entgegen. Ein echter Höhepunkt des kulturellen Lebens in der Stadt, in der man stolz auf seine traditionsreiche Universität ist. Doch dieses Mal kommt es im Vorfeld der Vergabe zu einer Katastrophe: Der aussichtsreichste Kandidat springt kurzfristig ab, der neue Favorit auf den Lehrstuhl und ausgewiesene Nietzsche-Kenner, Professor Markus Nüsslein, wird tot im Botanischen Garten aufgefunden, erschossen in der Neischl-Grotte. Seine Frau hatte Kommissar Mütze bereits vor Nüssleins Tod gebeten, ihren Mann zu suchen. Mütze hatte ihren Wunsch nur müde weggelächelt, nun steckt der Ermittler in größten Schwierigkeiten. Die Welt der Philosophie ist ihm fremd und das akademische Umfeld gleicht einer Schlangengrube. Zwischen den Anwärtern auf den Lehrstuhl herrscht ein erbitterter Konkurrenzkampf, es gibt offene Rechnungen, und eine mysteriöse Lippenstiftspur sorgt für zusätzliche Verwirrung …

Johannes Wilkes, Jahrgang 1961, lebt in Bayern. Der Autor von Romanen, Krimis und Reisebüchern ist mit zahlreichen Literaturpreisen ausgezeichnet worden, seine Bücher wurden in mehrere Sprachen übersetzt.

JOHANNES WILKES

Der Fall Nietzsche

Mütze und Karl-Dieter ermitteln

GMEINER

Kriminalroman

Personen und Handlung sind frei erfunden.
Ähnlichkeiten mit lebenden oder toten Personen
sind rein zufällig und nicht beabsichtigt.

Bei Fragen zur Produktsicherheit gemäß der Verordnung über die allgemeine Produktsicherheit (GPSR) wenden Sie sich bitte an den Verlag.

Immer informiert

NEWSLETTER

Spannung pur – mit unserem Newsletter informieren wir Sie regelmäßig über Wissenswertes aus unserer Bücherwelt.

Gefällt mir!

Facebook: @Gmeiner.Verlag
Instagram: @gmeinerverlag

FSC www.fsc.org MIX Papier | Fördert gute Waldnutzung FSC® C014496

Besuchen Sie uns im Internet:
www.gmeiner-verlag.de

Im Ehnried 5, 88605 Meßkirch
Telefon 07575/2095-0
info@gmeiner-verlag.de

1. Auflage 2025

Lektorat: Daniel Abt
Satz: Mirjam Hecht
Umschlaggestaltung: U.O.R.G. Lutz Eberle, Stuttgart
unter Verwendung eines Fotos von: Lutz Eberle mit Adobe Firefly
Druck: GGP Media GmbH, Pößneck
Printed in Germany
ISBN 978-3-8392-0761-1

O Mensch! Gib Acht!
Was spricht die tiefe Mitternacht?
»Ich schlief, ich schlief –,
Aus tiefem Traum bin ich erwacht:
Die Welt ist tief,
Und tiefer als der Tag gedacht,
Tief ist ihr Weh –,
Lust – tiefer noch als Herzeleid:
Weh spricht: Vergeh!
Doch alle Lust will Ewigkeit –,
– will tiefe, tiefe Ewigkeit!«

Friedrich Nietzsche: Zarathustras Rundgesang

Mancher findet sein Herz nicht eher, als bis er seinen Kopf verliert.

Friedrich Nietzsche

MONTAG

1

Maxi war wie immer die Erste. Pünktlich um acht, wenn Siegfried, der Gärtner, das Gittertor aufschloss, stand die betagte Dame schon am Eingang, an der Leine ihren Wichtel, der dem Moment der Öffnung stets schwanzwedelnd entgegenfieberte. Maxi liebte den Botanischen Garten über alles. Jeden Morgen brach sie von ihrer kleinen Wohnung in der Unteren Karlstraße auf, kreuzte die Universitätsstraße und ging durch den Schlossgarten an der Orangerie vorbei zum Eingangstor am Redoutensaal. Ihr Hund hätte den Weg bestimmt auch allein gefunden. Selbst falls sie erblinden sollte, würde Wichtel sie noch sicher führen, sagte sich Maxi oft, und die Vorstellung beruhigte sie ein wenig, denn ihre Augen ließen tatsächlich nach.

»Was willst du denn im Botanischen Garten, wenn du nichts mehr sehen kannst?«, hatte ihre Freundin Doris mit der ihr eigenen Direktheit bemerkt. So war Doris. Jeder andere hätte die Freundschaft längst beendet. Aber Maxi wusste, dass Doris es nicht so meinte. Doris stammte aus Berlin, da war der Ton ein anderer.

»Wenn ich tatsächlich erblinden sollte«, hatte Maxi

erwidert, »so werde ich immer noch Gefallen an meinem Garten haben.«

War der Botanische Garten nicht etwas für alle Sinne? Wie bezaubernd war der Gesang der Vögel, die in den alten Bäumen saßen. Wie köstlich konnte man sich über das Quaken der Frösche amüsieren, über ihr Platschen, wenn sie vom Beckenrand erschrocken in das Bassin sprangen. Wie emsig schwirrten und summten die Bienen und Hummeln zwischen den Blüten. Eine große Sinfonie in Natur-Dur. Nur vor einem Geräusch fürchtete sich Maxi, ja sie hasste es geradezu. Zum Glück störte dieses Geräusch den Frieden nur selten, meist konnte sie sich unbeschwert am Gesang der Amseln und Buchfinken erfreuen. Besonders liebte sie das Lied der Goldammer. Wenn sie ihr Wie-wie-wie-hab-ich-dich-lieb anstimmte, blieb die alte Dame wie verzaubert stehen, schaute zu den Eukalyptusbäumen hinüber und lauschte. Betörender noch als der Gesang der Vögel waren die Düfte. Das ganze Jahr über wurde die Nase umschmeichelt. Allein die Aromastauden bei den Gewächshäusern! Kein Besuch verging, bei dem Maxi nicht über die unscheinbaren Blätter strich, die schmale Hand zur Nase führte und sich an einem neuen Duft erfreute. Die Pflanzen rochen besser als das edelste Parfum, das Hugo ihr von einer seiner Dienstreisen aus Paris mitgebracht hatte.

Maxi beugte sich runter und streichelte wehmütig Wichtels dunkles Fell. Hugo, ihr Hugo! Ihr Mann war bereits vor vielen Jahren verstorben. Jeden Sonntag besuchte sie sein Grab auf dem Neustädter Friedhof und legte eine Rose ab, die verwelkten nahm sie mit und steckte sie daheim hinter Hugos gerahmtes Bild.

Eigentlich hieß sie Maximilienne. Ihren Mann hatte sie beim Tanztee im *Schwarzen Amboss* in Hausen kennengelernt, der berühmt-berüchtigten Location der Swinging Sixties, sechzig Jahre her. Hugo hatte sie nach dem ersten Kuss Maxi genannt; den Kosenamen hatten mit der Zeit alle ihre Freunde und Bekannten übernommen. Vielleicht wäre Maxi häufiger zum Grab ihres Mannes gegangen, jedoch waren Hunde auf Friedhöfen nicht erlaubt, und Wichtel am Eingang anzubinden, traute sie sich nicht.

Nach Hugos Tod war die Stille nur schwer zu ertragen gewesen, die Wohnung war Maxi mit einem Mal viel zu groß erschienen. Eine Zeit lang hatte sie ein Zimmer an Studenten vermietet. Nachdem der letzte Student ausgezogen war, hatte sie sich Wichtel ins Haus geholt. Der Mischling kam aus Rumänien, ein Straßenhund, dem es sehr schlecht ergangen sein musste. Die ersten Wochen war er verschüchtert und mit eingeklemmtem Schwanz herumgelaufen. In seinen Augen hatte die nackte Angst gestanden. Wer weiß, was er in Rumänien erlebt hatte. Nach und nach hatte sich seine Furcht gelegt und er war zutraulicher geworden. Vorsichtig war er allerdings immer noch und hielt Abstand zu Menschen und Hunden, die er nicht kannte. Der Botanische Garten war auch für ihn ein Paradies, hier fühlte er sich sicher und zu Hause.

Stets drehten sie die vertraute Runde: auf dem mit fantasievollen Granitplatten gepflasterten Hauptweg geradeaus zu den Gewächshäusern, an den Gärten der fünf Erdteile vorbei bis zum Gebäude der Virologie, dann rechts durch das Barockgärtchen zurück zu dem kleinen Wäldchen, schließlich durch die Moorlandschaft und an der Neischl-Grotte vorbei wieder zum Ausgang.

Dieses Mal war etwas anders. Als sie die Neischl-Grotte erreichten, fing Wichtel an, nervös zwischen den Gitterstäben zu schnüffeln, die den Eingang zur künstlichen Höhle verschlossen. So etwas tat er sonst nie.

»Was ist denn, mein Guter?«, fragte Maxi verwundert.

Wichtel hörte nicht auf sie, sondern schnüffelte aufgeregt weiter.

»Komm schon«, sagte Maxi und zog an der Leine.

Bestimmt hat er eine Maus gerochen, die sich in der Höhle versteckt hat, dachte sie. Seine Nase beschäftigte ihn unaufhörlich. Sein Geruchssinn war erstaunlich, vielleicht hatte er ihm sogar das Leben gerettet. Sonst hätte er in Rumänien wohl kaum überlebt.

2

»Ermordet! Mein Mann ist ermordet worden!« Mit erregtem Gesicht starrte Claudia van der Vaart den Kommissar an.

Mütze war baff. Es kam nicht häufig vor, dass jemand in ihrer gemütlichen Erlanger Polizeidirektion vorbeikam, um einen Mord anzuzeigen. »Führen Sie uns zu seiner Leiche!«, entgegnete er voller Tatendrang und warf sich die Schimanski-Jacke über.

»Das ist es ja! Ich weiß nicht, wo er ist.«

»Aber Sie sagten doch, er sei ermordet worden?«

»Er ist verschwunden, verstehen Sie? Er ist nicht mehr da, seit gestern Abend nicht mehr. Sie müssen ihn suchen!«

Mütze atmete tief durch und rollte genervt die Augen. Also kein Mord, nicht mal ein Toter. Nur eine Vermisstenanzeige. Es fiel ihm schwer, nicht laut zu werden. Mit Ehemännern, die eine Nacht nicht nach Hause kamen, könnte man das Westfalenstadion füllen.

»Meinem Mann ist etwas passiert, ganz bestimmt ist es das. Finden Sie ihn, Herr Kommissar, bitte finden Sie ihn!«

Claudia van der Vaart war eine Frau Anfang fünfzig. Eine gepflegte Erscheinung, würde Karl-Dieter wohl sagen. In ihrem eng gegürteten Trenchcoat machte Frau Doktor – mit dem Titel hatte sie sich vorgestellt – eine gute Figur. Ihre Augen waren wegen der getönten Brillengläser nicht zu erkennen, ihre Hände, mit denen sie sich auf den Schreibtisch stützte, zitterten so heftig, dass das Clubfähnchen auf Big-Chips Computer ängstlich zu flattern begann.

»Was ist mit seinem Handy? Geht er nicht dran?«, wollte Mütze wissen.

»Hat er im Zimmer liegen lassen.«

»Wo wollte er denn hin?«

»Er wollte noch mal seinen Vortrag durchgehen, dafür spaziert er gerne in einem Park.«

»Im Schlossgarten?«

»Vermutlich, ich bin nicht von hier. Nach einer Stunde ist er sonst immer zurück. Ich hab im Hotelzimmer auf ihn gewartet. Als er nach einer Stunde noch nicht da war, habe ich mir noch nichts gedacht. Vielleicht hatte er ja einen alten Bekannten getroffen. Nach zwei Stunden hab ich's nicht mehr ausgehalten. Ich bin los und hab ihn gesucht, überall, im Schlossgarten, in der Stadt. Dann bin ich zurück zum Hotel und hab auf ihn gewartet, die ganze Nacht. Kein Auge habe ich zugetan. Wissen Sie, wie mir zumute ist?«

»Hat Ihr Mann vielleicht gesundheitliche Probleme? Zucker? Bluthochdruck?«

Frau van der Vaart starrte den Kommissar an. »Marcus? Marcus ist keine vierzig, ihm fehlt nichts.«

»Er wird sicher bald wieder auftauchen, liebe Frau Doktor. 99 Prozent aller Vermissten tun das.«

»Und was ist mit dem restlichen Prozent?« Mit wütendem Blick starrte die Dame Mütze an, ehe sie sich mit einer raschen Bewegung umdrehte und davonstürmte.

3

Der Tag ging ja gut los ... Mütze war heilfroh, die nervöse Person wieder los zu sein. Er hatte ihr hinterherrennen und versprechen müssen, eine Suchaktion zu starten, falls ihr Mann bis zum Abend nicht wieder auftauchen würde.

»Andere würden einen Sekt aufmachen, wenn ihr Mann mal für ein Weilchen verschwindet«, lachte Big-Chip, der mit gespitzten Ohren an seinem Computer gesessen hatte.

Big-Chip war Mützes Kollege. Sobald es einen verdächtigen Todesfall gab, bildeten die beiden ein Ermittlungsteam. Jedoch waren verdächtige Todesfälle in Erlangen in etwa so häufig wie brütende Karpfen auf dem Kamin des Steinbach Bräu.

»Hast du was Dringendes für mich?«, fragte Mütze.

»Nö«, sagte Big-Chip, »willst du schon wieder weg?«

»Nur mal kurz in die Stadt.« Big-Chip musste ja nicht alles wissen.

Heute feierten Mütze und Karl-Dieter ihren »Zoom-Day«, wie Karl-Dieter den 13. Juni nannte. »Zoom«

hatte nichts mit neumodischen Videokonferenzen zu tun. Am 13. Juni vor exakt 19 Jahren hatten sie sich kennengelernt. »Und es hat Zoom gemacht«, sagte Karl-Dieter lächelnd, »wenigstens bei mir!« Mütze hatte es nicht so mit Gedenktagen. Selbst den Geburtstag seiner Schwester vergaß er, was regelmäßig für Missstimmungen sorgte. Karl-Dieter lebte dagegen von Gedenktag zu Gedenktag. Wie ein Wanderweg in der Fränkischen Schweiz mit Wegweisern, so war sein Jahr mit persönlichen Erinnerungstagen markiert. Karl-Dieter brauchte keinen Kalender, er hatte alles in seinem Hirn gespeichert. Allein für ihn und Mütze existierten mindestens drei weitere Partnerschaftsgedächtnistage. Neben dem Zoom-Day gab es noch den 18. August als den Tag, an dem sie ihre Freundschaftsringe getauscht hatten (dass Mütze seinen nie trug, bereitete Karl-Dieter manch geheimen Kummer), den 21. November, als sie zum ersten Mal öffentlich gemacht hatten, dass sie ein Paar waren, im engsten Kreis, mit Uli und Bernd bei einem Bierchen in der Dortmunder Hafenkneipe. Und dann gab es noch den 22. Juni … (Die Geschehnisse dieses Tages müssen vom Autor des vorliegenden Buches aus Diskretionsgründen verschwiegen werden, zumindest so lange, bis Karl-Dieters und Mützes Einverständnis vorliegt.) Heute jedenfalls war ihr Zoom-Tag, und an dem gingen sie immer zusammen frühstücken. Tradition war Tradition, daran hielt Karl-Dieter eisern fest.

Mütze kam fünf Minuten zu spät. Karl-Dieter saß bereits an einem der Tischchen, die draußen vor dem

Mengin standen. *Manschän* nannten die alten Erlanger das Traditionscafé, dessen Gründer hugenottischer Abstammung gewesen waren. Erlangen war stolz darauf, eine Hugenottenstadt zu sein. *Offen aus Tradition*, so lautete der städtische Slogan. Historiker lächelten darüber. Im 17. Jahrhundert hatte es in Erlangen sicher mindestens so viele Widerstände und Vorurteile gegen die Neubürger aus Frankreich gegeben wie heutzutage in manchen Tälern des Erzgebirges gegen die Migranten aus Syrien und Afghanistan.

»Im Rückblick verklärt sich manches«, bemerkte Mütze.

»Auch unser Kennenlernen?«, fragte Karl-Dieter und lächelte schelmisch über sein rundes Gesicht.

Mütze hatte ihn mit einem Schulterklopfen begrüßt, andere Begrüßungsformen mied er wie ein Nürnberger den Besuch der westlichen Nachbarstadt. Zumindest in der Öffentlichkeit blieb Mütze stets förmlich. In vielen Dingen war der Freund eben noch von gestern, seufzte Karl-Dieter still. Zumindest ein hingehauchter Wangenkuss hätte an diesem Tag schon drin sein können. 19 Jahre, das war doch was.

Die Freunde ließen sich auf den Stühlen nieder, Seite an Seite, sodass sie Schloss und Schlossplatz im Blick hatten. Seit Jahren war das Erlanger Schlossgebäude durch einen Bauzaun eingesperrt, und nichts deutete darauf hin, dass es jemals von ihm befreit werden würde. »*Hoffen aus Tradition* sollte man den Slogan nennen«, sagte Karl-Dieter und griff nach einem der Sektkelche, die ihnen der nette ältere Kellner stilvoll serviert hatte. »Auf uns, Mütze!«

»Auf uns!«, sagte Mütze und hob sein Glas.

Es war ein schöner Frühlingsmorgen, der Sonnenball rollte glänzend über die Dächer, fröhlich perlten die Bläschen in den Kelchen.

Mütze deutete auf das Schloss. »Welcher König mag hier einst sein Zepter geschwungen haben?«

»Mensch, Mütze!« Karl-Dieter verdrehte die Augen. Manchmal war es wirklich zum Verzweifeln. Musste Mütze denn der ewige Ruhrpott-Proll bleiben? Ja, Karl-Dieter schien es, der Freund, den er heimlich seinen Mann nannte, war geradezu stolz auf seine Nicht-Bildung.

»In Erlangen hat es nie einen König gegeben, lieber Mütze. Das Schloss war eine Witwenresidenz für die Markgräfinnen von Bayreuth.«

»So 'ne Art fürstliches Altenheim also?«

»Wenn du so willst ... Markgräfin Sophie Caroline hat es dann zur Universität gemacht.«

»Akademie für Seniorenbildung, verstehe.«

Karl-Dieter gab auf. Es war zwecklos. Was Bildung anging, blieb Mütze ein hoffnungsloser Fall. Selbst den großen Friedrich Rückert kannte Mütze nur, weil er einen Mord in der Uni-Bibliothek hatte aufklären müssen, bei dem es um Werke des großen Dichters und Sprachgelehrten gegangen war. Während Karl-Dieter als Theatermann und genialer Kulissenbauer jedes Feuilleton verschlang, war sein Freund ein echtes Bildungswüstenkamel, der Joana Mallwitz für eine Langenzenner Würstchenverkäuferin hielt und Albert Camus für einen französischen Linksaußen. Obwohl – bei dieser Vermutung hätte er ja irgendwie richtiggelegen. Karl-Dieter musste lächeln. Die Aufstellung der letzten Meistermannschaft seines BVB konnte der Herr Kommissar im Schlaf herunterbeten. Sei's drum, heute war ihr Zoom-Tag, heute wollten sie ihre Zweisamkeit genießen.

»Hättest du dir vor 19 Jahren träumen lassen, dass wir fast zwei Jahrzehnte später hier sitzen und gemeinsam Sekt schlürfen?« Karl-Dieters Stimme bekam einen träumerischen Klang.

»Niemals!«, sagte Mütze entschieden.

Verschnupft sah Karl-Dieter ihn an. »Okay«, sagte er mit gedehnter Stimme und sein Blick wurde trübe. »Du hast also nicht an eine gemeinsame Zukunft geglaubt.«

»An eine gemeinsame Zukunft vielleicht«, sagte Mütze, »aber nicht an eine im Land der Franken.« Er ließ seine Hand liebevoll auf Karl-Dieters Schulter sausen. »Jetzt schau doch nicht wie ein depressives Meerschweinchen, Knuffi«, sagte er. »Was sollte ich denn ohne meine Schwabbelbacke machen?«

Zwei Herren in Anzügen eilten an ihnen vorbei. Sie verließen den Schlossgarten und gingen Richtung Marktplatz. Mütze musste an die aufgeregte Dame denken, die ihn in aller Früh im *Bunker* aufgesucht hatte, wie sie ihre Polizeiinspektion liebvoll-spöttisch nannten. Ob Frau Doktor ihren Gatten mittlerweile wiedergefunden hatte? Vielleicht lief er ja weiter durch den Schlossgarten und memorierte seinen Vortrag.

»Hast du schon mal was von einer Schelling-Professur gehört?«, fragte er Karl-Dieter unvermittelt.

»Von einer Schelling-Professur? Du meinst *die* Schelling-Professur! Aber sicher. Renommierte Sache. Ein Stiftungslehrstuhl an der Erlanger Uni, der aktuell neu besetzt wird. Wieso fragst du? Willst du dich bewerben?«

»Idiot!«, knurrte Mütze. »Einer der Kandidaten ist verschwunden, seine Frau war eben bei mir.«

»Oje! Wer ist es denn?«

»Nüsslein. Marcus Nüsslein.«

»Nie gehört«, sagte Karl-Dieter. »Was aber nichts heißen will. Mit dem Philosophennachwuchs kenne ich mich so gut aus wie mit den Spielern deiner Borussia. Vielleicht hat der Kandidat kalte Füße bekommen. Das Vorsingen für den Schelling-Lehrstuhl soll eines der härtesten sein.«

»Vorsingen?«

»Nun, der Akt, wenn sich die Kandidaten vorstellen und ihre Probevorlesungen halten. Eine öffentliche Veranstaltung, soll am Donnerstag über die Bühne gehen, so stand's wenigstens in der Zeitung. Wird sicher spannend.«

Mütze brummte. Er las gewöhnlich nur den Sportteil. Karl-Dieter wusste mal wieder alles und mit seiner Vermutung lag er möglicherweise richtig. Vielleicht war Dr. Nüsslein tatsächlich auf und davon. Philosophen stellte sich der Kommissar als dünnhäutige Gewächse vor. Dennoch, etwas kam ihm seltsam vor. Wenn Nüsslein getürmt war, warum hatte er seiner Frau nicht Bescheid gesagt?

»Vielleicht verhält es sich ja ganz anders, vielleicht hatte er einen Unfall«, sagte Karl-Dieter und sein Blick verschattete sich bei dieser Vorstellung. »Vielleicht ist der Herr Doktor beim nächtlichen Philosophieren am Schwabachufer ausgerutscht, den steilen Hang hinuntergepurzelt und wurde von einem spitzen Ast aufgespießt. Und nun hängt er sterbend im Gestrüpp und wimmert um Hilfe.«

Mütze sah Karl-Dieter schräg an. Da war sie, eine von Karl-Dieters Horrorvisionen. Wenn man als Polizist stets das Schlimmste annahm, kam man rasch in Teufels Küche. Das Häufige war und blieb nun mal häufig, und die Statistik sagte klipp und klar, dass verschwundene Ehemänner schneller auftauchten, als es ihren Frauen lieb war. Nein, sie würden bei ihrem üblichen Vorgehen bleiben. Erst wenn es am Abend immer noch kein Lebenszeichen gab, würden sie mit der Suche beginnen.

Karl-Dieter betrachtete versonnen den Rest des Sektes und hielt ihn ins Licht, um sich an dem Perlenspiel zu erfreuen. »Angenommen, ich würde plötzlich verschwinden. Wann würdest du mich vermissen?«

»Spätestens, wenn's nichts zum Abendessen gibt«, lachte Mütze, und auch Karl-Dieter musste grinsen, wenngleich etwas gezwungen.

4

Das Gasthaus *Mein lieber Schwan* war ein beliebtes Speiselokal an der Bayreuther Straße, nicht weit von der Schwabach entfernt, eingerichtet in einer alten Brauerei. Mehr als drei Jahrhunderte hatte der Fachwerkbau bereits auf dem Buckel. Vor Jahren hatte man ihn liebevoll restauriert, die mächtigen Balken freigelegt und auch Teile des Mauerwerks aus Natursandstein. Ging man die Treppe hinauf, so gelangte man zu einem Nebenzimmer, das für geschlossene Gesellschaften genutzt wurde. Es war zur Mittagsstunde, als an diesem Ort die Berufungskommission zusammenkam, die über die Neubesetzung des Schelling-Lehrstuhls zu befinden hatte, vier Herren und eine Dame. Der älteste von ihnen war ein eindrucksvoller Greis, dem die Haare büschelweise aus den Ohren wuchsen, Professor Arminius Donnerkiel. Der gebürtige Breslauer war der amtierende Inhaber des Schelling-Lehrstuhls. Vor zwölf Jahren hatte er die damals frisch gestiftete Professur erhalten und sich lange in deren Glanz gesonnt. Aus Altersgründen schied er nun aus – nicht ganz freiwillig. Obgleich er die Pensionsgrenze längst überschritten hatte, hätte er gerne noch das eine oder andere Jährchen drangehängt. Nachdem man seinem Verlängerungswunsch bereits fünf Jahre hintereinander zugestimmt hatte, zuletzt mit zunehmendem Zähneknirschen, hatte ihm das Kuratorium der Stiftung nun unmissverständlich bedeutet, dass es Zeit für eine Neubesetzung des Lehrstuhls sei. Neben Donnerkiel saß ein schmächtiges Männlein mit hängenden Schultern, in dem ein Unkundiger nie und nimmer den Vorsitzenden des Gremiums erkannt hätte. Professor Nils Gremlin, Ordinarius für Philosophie an der Ludwig-Maximilians-Universität München, war ein Neo-Junghegelianer, ein stiller Harmoniemensch, der jedem Streit aus dem Weg zu gehen versuchte. Ihm zur Seite saß Frau Professor Tilde Süderhoff, die Verfasserin *des* Süderhoffs, der als Standardwerk über den deutschen Idealismus galt. Neben der energischen Dame, die nicht nur wegen ihrer Frisur an die streitbare Theologin Uta Ranke-Heinemann erinnerte, saß ein schlaksiger Blondschopf, der nachlässig die Unterlagen auf seinem I-Pad durchscrollte. Professor Francis Goulderman gab dem Gremium die internationale Note. Der tiefenentspannte Amerikaner lehrte in Princeton, was Diplom-Ingenieur Ferdinand Schaffeldick, der an seiner Seite saß, mit nicht geringem Stolz erfüllte. Schaffeldick war Schraubenfabrikant aus dem nahen Herzogenaurach und Stifter des Lehrstuhls. Die Fabrik hatte er vor mehr als 20 Jahren von seinem Vater übernommen und erfolgreich weitergeführt, im Grunde seines Herzens fühlte er sich aber nicht als Mann der Schrauben, er sah sich als Denker, ja als Philosoph. Selten versäumte er es, darauf hinzuweisen, als Student in Frankfurt eine Gastvorlesung bei Adorno besucht zu haben, und zwar als einer der wenigen, die bis zum Ende der Vorlesung mitgeschrieben hätten. Deshalb sah er es als Selbstverständlichkeit an, der Berufungskommission persönlich anzugehören. Ein Anspruch, der den anderen Kommissionsmitgliedern sauer aufstieß, fühlten sie sich doch durch den philosophischen Dilettanten in ihrer fachlichen Bedeutung herabgesetzt. Offen zu protestieren wagte allerdings keiner, da Schaffeldick ein überaus spendabler Goldesel war, der nicht nur den Stiftungslehrstuhl finanzierte, sondern in großzügiger Weise auch für den Arbeitsaufwand der Kommissionsmitglieder aufkam. Als Bonbon stand jedem von ihnen zudem jährlich die Ferienvilla des Fabrikanten am Gardasee für zwei Wochen zur Verfügung, kostenfrei, inklusive des Hauspersonals und des Badestegs. Da sah man über manches hinweg.

»Es sind die unsichtbaren Schräubchen, die die Welt im Inneren zusammenhalten«, sagte Schaffeldick zu Professor Goulderman und setzte eine bedeutende Miene auf.

»Of course, Ferdinand«, erwiderte Goulderman zerstreut, wobei er »Ferdinand« auf wunderbar amerikanische Weise aussprach.

Professor Nils Gremlin klopfte mit einem Espressolöffelchen zart an sein Wasserglas und räusperte sich vernehmlich, worauf die Zwiegespräche verstummten.

»Verehrte Kommissionsmitglieder, hiermit eröffne ich unsere heutige Sitzung. Ich stelle Vollzähligkeit fest.

Die Tagesordnung ist Ihnen ja rechtzeitig zugegangen, muss aber – zu meinem größten Bedauern – in einem wichtigen Punkt ergänzt werden.« Daraufhin griff sich das schmächtige Männchen mit den steil abfallenden Schultern einen Umschlag vom Tisch und zog einen Brief heraus. »Das Schreiben stammt von Professor Schüpferling. Ich erhielt es erst heute, sonst hätte ich Sie natürlich vorab informiert. Professor Schüpferling teilt uns mit, dass er seine Bewerbung zurückzieht, aus persönlichen Gründen, wie er schreibt.«

Die folgenden Bemerkungen des Vorsitzenden gingen im Gemurmel unter, das sich erhob. Auf die Gesichter der Kommissionsmitglieder trat eine Mischung aus Unverständnis und Bedauern; alle waren sie von der Nachricht sichtlich überrascht. Die allgemeine Erregung war nicht zuletzt darin begründet, dass Schüpferling als heimlicher Favorit gegolten hatte. Professor Georg Schüpferling lehrte in Jena und war ein ausgewiesener Experte für die frühen Schriften Schellings, insbesondere seine Naturphilosophie. Die Natur in ihrer Komplexität zu erfassen, sie in ihren allgemeinen und speziellen Strukturen zu beschreiben war zur Zeit der ausgehenden Romantik revolutionär gewesen und hatte die erwachenden Naturwissenschaften begleitet, ihnen das notwendige theoretische Fundament gegeben. Schüpferling war das Kunststück gelungen, die Kerngedanken Schellings auf die heutige Physik zu übertragen, durchaus im dialektisch-kritischen Sinn. Seine populärwissenschaftliche Schrift »Was würden wir alles tun, wenn wir es dürften?« hatte ihn mit einem Schlag einem größeren Publikum bekannt gemacht, sogar auf die Couch von Markus Lanz hatte er es geschafft. Seine plötzliche Popularität hätte seiner Bewerbung aber eher geschadet, wenn er nicht weiterhin auf höchstem wissenschaftlichem Niveau publiziert hätte. Popularität galt in ernsthaften akademischen Kreisen als suspekt. Nicht auszuschließen war auch ein gewisses Quantum an Neid seiner Fachkollegen. Und nun die plötzliche Absage. Was steckte dahinter? Der Erlanger Schelling-Lehrstuhl galt als Krönung eines wissenschaftlichen Lebenswerkes. Frei und ungebunden forschen zu können, ohne die lästigen Verpflichtungen des universitären Alltags. Wem war so etwas schon vergönnt? Schüpferling gab persönliche Gründe für seinen Rückzug an. Was mochte es damit auf sich haben?

Schon einmal hatte es in der Geschichte der Erlanger Universität eine bedauerliche Absage gegeben. Niemand Geringerer als Immanuel Kant war von seiner bereits erfolgreich verhandelten Professur wieder zurückgetreten, ebenfalls aus persönlichen Gründen. Beim gesundheitlich angegriffenen Kant hatte der Umzug aus seiner Heimatstadt Königsberg den Ausschlag gegeben. Er hätte seine gesamten Lebensumstände ändern müssen, undenkbar bei seinem pedantisch, ja fast zwänglerisch durchorganisierten Alltag. Aber bei Schüpferling? Er schien bei bester Gesundheit zu sein und war alles andere als ein Zwängler. Was hatte ihn zum Rückzug bewogen? Die Kommissionsmitglieder konnten sich nicht darüber einig werden. Klar war nur, ein neuer Favorit musste gefunden werden. Das Berufungsverfahren wurde nun deutlich komplizierter, denn die wissenschaftlichen Leistungen der übrigen Kandidaten lagen nicht weit auseinander. Leichte Vorteile hatte höchstens Privatdozent Nüsslein aus Weimar, ein ausgewiesener Nietzsche-Experte.

Nils Gremlin klopfte ein weiteres Mal mit seinem Espressolöffel ans Glas und räusperte sich erneut, um sich Gehör zu verschaffen.

»Verehrte Kommission, die Absage Schüpferlings ist sicher bedauerlich, unsere Aufgabe aber besteht weiter darin, den Besten aus der Bewerberschar auszuwählen. Ich schlage vor, die übrigen Tagesordnungspunkte schnell abzuarbeiten, damit wir uns anschließend der Hauptaufgabe des heutigen Tages widmen können.«

Es war exakt halb eins, als sich Schaffeldicks Sekretärin, die Protokoll geführt hatte, erhob, um die im unteren Gastraum wartenden Lehrstuhlkandidaten zu begrüßen und nach oben zu geleiten. Aus 20 Bewerbern hatte man 5 in die engere Wahl für die Lehrstuhlnachfolge genommen. 4 waren noch übrig. Mit ihnen wollte man nun die Details des Vorsingens besprechen. Im Gastraum befanden sich jedoch nur drei Herren.

»Privatdozent Nüsslein ist noch nicht erschienen«, flüsterte die Sekretärin ihrem Chef zu, nachdem die anderen Herren Platz genommen hatten.

Schaffeldicks Miene verfinsterte sich erneut. Er war es gewohnt, dass alles nach Plan lief, wenn er etwas organisierte. Auch der Vorsitzende schüttelte den Kopf und legte die Stirn in Falten. Nach dem überraschenden Rückzug Schüpferlings nun der nächste unzuverlässige Kandidat, noch dazu derjenige, der die Nasenspitze vorne zu haben schien. Was war das nur für eine Welt?

»Ja, nun denn … hat er irgendeine Nachricht hinterlassen? Vielleicht bei der Wirtin?«, fragte der Fabrikant.

»Bedaure«, flüsterte die Sekretärin, eine erfahrene Kraft, die seit 20 Jahren für Schaffeldick arbeitete und noch Steno beherrschte.

Der Vorsitzende zog eine Schnute und sah auf die Uhr. Es hatte wenig Sinn, ohne Nüsslein zu beginnen, zumal er nach Schüpferlings überraschendem Rückzug mit einem Mal zum Favoriten aufgestiegen war. Ganz gegen seine Gewohnheit beschloss Gremlin, fünf Minuten zuzugeben und die Zeit mit dem ihm so verhassten Small Talk zu füllen. Das gestaltete sich zum Glück leichter als erwartet, denn zwei der drei Kandidaten, die Professoren Urig und Schmidt-Feuchtwangen, waren sichtlich bemüht, für entspannte Stimmung zu sorgen, indem sie spontan ein paar freundliche Bemerkungen über Erlangen fallen ließen. Bereits Goethe habe ja bekanntlich bei einem Kurzbesuch die gute Beleuchtung der Stadt gelobt, wusste Dietmar Urig zu berichten, ein fast noch jugendlich wirkender Hornbrillenträger mit schwäbischem Akzent. Thaddäus Schmidt-Feuchtwangen, ein athletischer Mann mit eindrucksvollem Backenbart, griff die Nennung des großen Dichternamens auf und lobte, dass die Bahnhofstraße in Erlangen nicht Bahnhofstraße heiße, sondern Goethestraße, woran man gleich erkenne, dass man sich in einer Stadt mit Niveau befinde.

»Schellingstraße wäre natürlich passender«, erwiderte Schaffeldick, nachdem er einen Moment über das Gesagte hatte nachdenken müssen, worauf Urig und Schmidt-Feuchtwangen eifrig zu nicken begannen.

»Freilich, freilich, Schellingstraße, das wäre der Stadt angemessen«, bekräftigte Urig seine Zustimmung.

Zu Schaffeldicks heimlichem Kummer gab es in Erlangen zwar eine Schellingstraße, aber diese lag außerhalb des Zentrums und war darüber hinaus eine der kürzesten Straßen der Stadt. Eine Nebenstraße für den größten Philosophen, der jemals in der Stadt gelehrt hatte, was für eine Ignoranz! Zumal es noch die Fichtestraße gab, die viel länger war und dazu mitten durch das Professorenviertel führte, was Schaffeldick als höchst ungerechte Hierarchisierung empfand.

Während Urig und Schmidt-Feuchtwangen sich weiter um eine positive Atmosphäre bemühten, ließ sich der Dritte im Bunde nicht davon anstecken. Wie ein Ochse, den man am Ende des langen Ackertags nicht aus dem Pflug spannen wollte, blickte er mürrisch in die Runde. Privatdozent Ludwig Nelkenstiel war nicht viel älter als Urig und Schmidt-Feuchtwangen, dennoch wirkte er im Vergleich zu den Kollegen wie ein Fossil. Er trug ein schlecht sitzendes Sakko, war nachlässig rasiert und seine Haare konnten sich vermutlich nicht mehr an den letzten Kontakt mit einem Shampoo erinnern. Richtig unheimlich wurde es, wenn er sich zu einem Lächeln zwang, was selten geschah. Dann verzog sich sein Gesicht in geradezu diabolischer Weise, ja, es war schon vorgekommen, dass ein zufällig anwesendes Kind erschrocken zu weinen begonnen hatte. Sein ganzes Wesen drückte aus, dass es auf diesem Planeten nichts zu lachen gab und dass einzig die Flucht in die Welt der Ideen als Ausweg blieb. Bewies denn nicht jeder Anflug von Humor lediglich, wie grausam es auf der Erde zuging? Adam und Eva hatten im Paradies niemals gelacht, davon war er überzeugt. Warum hätten sie auch lachen sollen? Nach dem Sündenfall und der Vertreibung hatten sie mit Sicherheit versucht, dem Elend lachend zu trotzen, aus reinem Selbsterhaltungstrieb. Humor war nichts anderes als der verzweifelte Versuch, sich das alltägliche Grauen bunt anzumalen. Auf dieses verlogene Treiben konnte er getrost verzichten. Mannhaft allein war es, davon war Nelkenstiel tief überzeugt, dieses elende Leben mit ehrlichem Gesicht zu meistern. Seine Missmutsfalten waren das Ergebnis lang erprobter Ehrlichkeit, alles andere, jeder Anflug von Fröhlichkeit, war nichts als Kinderei und Charakterschwäche.

Gerade als Professor Gremlin auf die Uhr schaute und beschloss, das Gespräch trotz des Fehlens von Nüsslein offiziell zu beginnen, wurde die Tür mit Schwung aufgerissen. Erschrocken sahen alle auf. In den Raum stürmte eine Frau mit hochrotem Gesicht und einem paillettenblitzenden Goldtäschchen am Arm, Dr. Claudia van der Vaart.

»Sie warten vergebens«, sagte sie mit bebender Stimme und zog den Gürtel ihres Trenchcoats fest. »Mein Mann ist verschwunden!«

5

Nachdem sich die erste Bestürzung gelegt hatte, beschloss man, zur Tagesordnung überzugehen. So hastig, wie Frau van der Vaart den Raum betreten hatte, hatte sie ihn wieder verlassen. Sie könne keine näheren Erklärungen zu seinem plötzlichen Verschwinden geben, hatte sie gesagt und mit dramatischer Stimme hinzugefügt: »Man muss das Schlimmste befürchten!« Dann hatte sie sich umgedreht und war hinausgerauscht.

Professor Gremlin nahm einen tiefen Schluck aus seinem Wasserglas. Es half nichts, sich in Spekulationen zu verlieren. Die Polizei sei informiert, hatte Frau van der Vaart ihnen von der Tür aus zugerufen. Gremlin sortierte seine Papiere und versuchte, seine Gedanken zu sammeln und sich zu beruhigen. Die Polizei würde sich um alles Weitere kümmern. Wie Nüssleins Frau darauf kam, dass man das Schlimmste befürchten müsse, war ihm schleierhaft. Sollte Nüsslein zum Vorsingen wieder auftauchen, wollte man ihm noch eine Chance geben, darüber wurde sich die Runde schnell einig. Nur Schaffeldick, der Schraubenfabrikant und Mäzen, hatte unwillig die Stirn gerunzelt, denn er sah den Ruf des Lehrstuhls, den er gestiftet hatte, in akuter Gefahr. Erst der überraschende Verzicht Schüpferlings und nun das Verschwinden Nüssleins: Lief man etwa vor seiner Stiftungsprofessur davon?

Der Einzige, der alles nicht so schlimm fand, war Arminius Donnerkiel, der amtierende Lehrstuhlinhaber. Ja, er fühlte gar eine stille Freude in sich aufsteigen. Wenn sich kein geeigneter Kandidat für seine Nachfolge fand, war es dann nicht naheliegend, dass er selbst auf dem Lehrstuhl blieb? Zufrieden zwirbelte er sich die Haare, die aus seinen Ohren wuchsen, zu kleinen Löckchen.

6

Nachdem Claudia van der Vaart aus dem Besprechungszimmer gestürmt war, rannte sie die Treppe hinab, hinunter in den Gastraum. Als sie einen Blick Richtung Tresen warf, hielt die erregte Wissenschaftlerin überrascht inne. Vor einem Glas Cola saß eine junge Frau, nicht älter als Mitte zwanzig, und sah sie erschrocken an.

»Ariane, was suchst du denn hier?«, entfuhr es Claudia van der Vaart.

Die junge Frau rutschte vom Barhocker und strich sich verlegen durch das dunkle Haar. »Eine aktuelle Literaturrecherche … sie könnte für Marcus wichtig sein, du weißt schon, fürs Vorsingen.«

»Literaturrecherche?« Claudia van der Vaart lachte kurz auf. »Nur her damit, ich geb sie ihm, wenn er wieder auftaucht.«

Bei diesen Worten erschrak Ariane erst recht. »Wieder auftaucht? Ich verstehe nicht. Ist Marcus nicht oben bei der Kommission?«

»Stell dir vor, dort ist er nicht«, erwiderte Claudia. »Behalt deine Recherchen nur, das spielt nun auch keine Rolle mehr.«

Mit diesen Worten ließ sie Ariane stehen und verließ das Gasthaus, ihr Täschchen mit den goldenen Pailletten schwang sie hinter sich her.

7

Während Maxis Mittagsspaziergang gewöhnlich zum Bohlenplatz führte, schloss sie den Tag am Abend immer mit dem Besuch des Botanischen Gartens ab, »um den Tag zu runden«, wie sie sich auszudrücken pflegte. Seit einiger Zeit geriet sie schneller außer Atem und auch der Kreislauf machte nicht mehr so recht mit. Oft war sie abends müde und abgeschlagen. Heute war es anders, heute fühlte sie sich auf eine neue Art belebt. Nach dem Morgenspaziergang hatte sie wie immer die *Erlanger Nachrichten* studiert. Seither schlug ihr Herz höher. Ein kleiner Hinweis hatte sie elektrisiert. Ihr Bub kam zurück, ihr Marcus! Ja vielleicht war er schon da. Sie hatte Marcus ewig nicht mehr gesehen, nichts mehr von ihm gehört. Ihr letzter Gruß zum vorletzten Weihnachtsfest war unbeantwortet geblieben. Sie nahm es ihrem Buben nicht übel. Was sollte er ständig an seine alte Gastmutter in Erlangen zurückdenken? Sicher steckte er mitten in seinen Forschungen, und das war doch genau das, was sie sich für ihn wünschte. Wie lange hatte er gezögert und gezaudert, war sich unsicher über sein Leben und sein Studium gewesen? Wie ein Blatt im Wind war er ihr vorgekommen, als er bei ihr zur Untermiete einzog. Im Jahr 2009 war das gewesen. Mit 27 Jahren hatte man ihn damals nicht mehr als jungen Studenten bezeichnen können. Vom Studium der Philosophie hatte er sich neben Welterkenntnis Selbsterkenntnis erhofft und enttäuscht feststellen müssen, dass ihn dieser Weg nicht weiterführte. Jede philosophische Schule hatte ihn zunächst angezogen, nicht lange jedoch und er war ins Grübeln verfallen und hatte aufs Neue zu zweifeln begonnen. Am meisten hatten ihn Gedanken überzeugt, die nicht von Philosophen, sondern von Dichtern stammten. Oft war er sich dumm und nutzlos vorgekommen. Nicht wenig stolz war Maxi, dass sie es gewesen war, der es schließlich gelang, in ihrem jungen Schützling eine neue Glut zu entfachen: für die Philosophie, für sein Studium und seinen weiteren Berufsweg.

Als wäre es gestern gewesen, erinnerte sie sich an den Tag. Es war ein milder Vorfrühlingssonntag, vor Beginn des Sommersemesters. Ohne Wichtel waren sie losgezogen. Den Hund hatte sie damals noch nicht besessen. Sie hatte Marcus zu einem kleinen Spaziergang eingeladen, denn sie hatte ihm etwas zeigen wollen. Unmittelbar beim Schloss, nicht weit vom Eingang zum Schlossgarten, stand ein Haus, das ehemals als Schlossküche gedient hatte. In diesem Haus hatte die Universität im 19. Jahrhundert eine Krankenstation eingerichtet. An dieser Stelle war sie stehen geblieben und hatte Marcus die Geschichte von dem berühmtesten Krankenpfleger erzählt, der dort ausgebildet worden war: Friedrich

Nietzsche. Die Erlanger Episode hatte einen Wendepunkt im Leben des großen Philosophen bedeutet. Sein ganzes späteres Werk war davon beeinflusst worden. Nietzsche war als junger Professor an der Universität Basel tätig gewesen, als 1870 der Krieg ausbrach. Deutschland und Frankreich, die alten Zankhähne, hatten wieder einmal zu den Waffen gerufen. Angestachelt von Bismarck, hatte der Preußenkönig Wilhelm seine Armeen in Marsch gesetzt und die übrigen deutschen Monarchen zum Mitmachen überredet oder gezwungen. Bismarcks kühle Berechnung war es gewesen, durch den Kriegszug das Deutsche Reich neu zu erfinden, unter der Herrschaft der Preußen natürlich. Ein Feind von außen sollte die zerstrittenen deutschen Länder fest zusammenstehen lassen, so fest, dass die Reichsgründung nicht mehr zu verhindern war. Groß war die allgemeine Begeisterung beim Kriegsausbruch gewesen. Auch der junge deutsche Professor Friedrich Nietzsche hatte sich berufen gefühlt, für sein Vaterland in den Krieg zu ziehen. Als er die Basler Universitätsleitung um Erlaubnis bat, brachte dieser Wunsch seinen Arbeitgeber allerdings in große Schwierigkeiten. Die Schweiz war neutral, aus Prinzip und Tradition, und auch dieses Mal wollten die Eidgenossen nicht Partei ergreifen, weder für die Deutschen noch für die Franzosen. Wenn die Basler Nietzsche nun Dispens gegeben hätten und er mit seinen Landsleuten zu den Waffen gegriffen hätte, wäre das mit dem Gebot der Neutralität nicht zu vereinbaren gewesen. Man zögerte, Friedrich Nietzsche drängte, und man rang sich zu einem Kompromiss durch. Man erlaubte Nietzsche zu gehen, aber nicht als bewaffneter Soldat, sondern nur im Sanitätsdienst. Vom Sanitätsdienst hatte Nietzsche nicht die geringste Ahnung. Da erfuhr er, dass man sich an der Universität Erlangen zum Sanitäter ausbilden lassen konnte. Ein Verein für Felddiakonie hatte sich zu diesem Zweck in der Hugenottenstadt gegründet. Nietzsche setzte sich in den Zug und fuhr los. Die Ausbildung, die größtenteils im Gebäude der alten Schlossküche stattfand, dauerte lediglich zwei Wochen. Nietzsche wurde in der Wundversorgung unterrichtet und in der segensreichen neuen Kunst des Chloroformierens. Zuvor hatte man Operationen, zu denen die Amputationen von Gliedmaßen gehörten, bei vollem Bewusstsein der Patienten durchführen müssen, eine furchtbare Qual. Allenfalls Schnaps hatte man den Ärmsten einflößen können, um den Schmerz zu lindern. Nietzsche erhielt den Unterricht von den Herren Medizinprofessoren persönlich. Nach Ablauf der zwei Wochen schickte man den frisch ausgebildeten Sanitäter nach Frankreich an die Front, neben Verbandsmaterial hatte er auch ein Neues Testament in deutscher und französischer Sprache im Gepäck, um den verletzten und sterbenden Soldaten Trost zu spenden. Über Karlsruhe ging es mit dem Zug weiter zu den Schlachtfeldern. Was für ein unaussprechliches Elend Nietzsche dort erwartete! Der Kriegsschauplatz war übersät von Toten und Schwerverletzten, ein Jammern, Stöhnen und Klagen lag über dem Inferno. Man wusste nicht, wo man anfangen sollte zu helfen. Diejenigen, bei denen noch Hoffnung bestand, schaffte man in einen Zug, um sie in die Heimatspitäler zu bringen. Nietzsche bekam einen Güterwaggon mit verletzten Soldaten anvertraut. Drei Tage und drei Nächte hatte er alle Hände voll zu tun, die fiebernden Männer zu pflegen, ihre eitrigen Verbände zu wechseln und Blutungen zu stillen. Die Luft in dem Waggon wurde bald unerträglich, die hygienischen Bedingungen waren desolat. Cholera und Ruhr brachen aus, die Männer behielten nichts mehr bei sich. Der junge Philosoph, von dem sich alle Hilfe erhofften, kam mit der Pflege kaum hinterher, schlief nicht mehr und infizierte sich zu allem Überfluss selbst mit der Ruhr. Bald konnte er sich kaum noch auf den Beinen halten. Als der Zug nach schier endlos langer Fahrt endlich in Karlsruhe eintraf, musste Nietzsche aus dem Waggon getragen werden. Nach Erlangen kehrte er als Patient zurück. Dort hatte er sich einer zweiwöchigen Behandlung zu unterziehen, ehe er einigermaßen wiederhergestellt war. Einem Freund schrieb er: »Eine Zeit lang hörte ich einen nie enden wollenden Klagelaut.« Seine ursprüngliche Absicht, auf den Kriegsschauplatz zurückzukehren, wurde ihm unmöglich. »Ich muss mich damit begnügen, aus der Ferne zuzusehen und mitzuleiden.«

All das hatte Maxi ihrem jungen Untermieter erzählt. Die Anekdote kannte sie aus einem kleinen Büchlein über Dichter und Denker in Erlangen mit dem Titel »Kant kam nicht.« Ohne dass sie es vermutet hatte, hinterließ die Geschichte bei Marcus einen großen Eindruck. Nietzsche und Mitleid? Wie passte das zusammen? Nietzsche galt doch als der größte Kritiker des

Mitleids. Mitleid sei etwas Schwaches, ausgedacht und am Leben erhalten von der christlichen Religion. Gelobt sei, was hart macht! Das ist Nietzsches Devise gewesen. Und nun diese seltsam ergreifende Episode in seinem Leben. Ist Nietzsche, der große Philosoph, am Ende ein Zauderer gewesen, ein Mann mit einem allzu weichen Herzen? Lag darin der Schlüssel zu seiner Gedankenwelt? Hatte er, der Pfarrerssohn, sich selbst für seine Schwäche verachtet und die Philosophie zu Hilfe genommen, um die Mitleidsethik des Christentums zu demontieren?

Noch am selben Tag hatte Marcus damit begonnen, sich in Nietzsches Werken zu vergraben und auch in dessen Biografie. Immer faszinierender erschien ihm, wie sehr alles ineinandergriff, die persönlichen Erfahrungen, die ein Mensch machte, und die Gedanken und Ideen, die ihm kamen. Der ganze Kampf gegen die christliche Mitleidsethik war für Nietzsche am Ende vergeblich gewesen, obwohl er sich so sehr und in sprachlich unvergleichlicher Weise darum bemüht hatte, in seinen Aphorismen klarer noch als in seinen theoretischen Abhandlungen, vor allem in der *Fröhlichen Wissenschaft*. Wenn Nietzsche geglaubt hatte, sich durch seine philosophischen Überlegungen abzuhärten, sich schützen zu können vor schmerzhaften Mitleidserfahrungen, so hatte er sich am Ende bitter getäuscht. Eine erschütternde Erfahrung kurz vor seinem geistigen Zusammenbruch stand paradigmatisch dafür. Im Januar 1889 hielt sich Nietzsche in Turin auf, als er mit ansehen musste, wie auf der Piazza Carlo Alberto ein Kutscher, dessen Pferd bockte, zur Peitsche griff und schlimm auf das Tier eindrosch. Nietzsche wurde von einer heftigen Gefühlswallung ergriffen. Ohne zu zögern, stürzte er hinzu und umarmte das Pferd, um es vor weiteren Schlägen zu schützen. Vor Mitgefühl weinend brach er zusammen und sank bewusstlos zu Boden. Er, der den Übermenschen erschaffen hatte, wurde letztlich, als seine Krankheit die schützende Hülle aller theoretischen Konstrukte fortwehte, zum Opfer seines eigenen weichen Herzens. In Turin kam schmerzlich zum Vorschein, was in Erlangen seinen Anfang genommen hatte. Nietzsches Kampf gegen sein empathisches Wesen, das er als Schwäche empfand, ging am Ende verloren.

Am Beispiel Nietzsches begriff Marcus, dass Philosophen keine blutleeren Geistesmenschen sein mussten, sondern dass sie, vom Leben hin und her geworfen, fast zwangsweise zu bestimmten Ansichten gelangten. Die subjektive Erkenntnis prägte das scheinbar so objektive Urteil in entscheidendem Maße. Marcus fing an, diesen Gedanken auszuarbeiten, zunächst nicht systematisch, sondern eher als grobe Stoffsammlung, als Konvolut von Zitaten und Gegenüberstellungen. Mit dieser Beschäftigung begann er, wieder Freude am Studium zu finden. Auf der Suche nach einem Professor, der ihn und seinen Forschungsgegenstand für eine Doktorarbeit akzeptieren würde, wurde er in Marburg fündig. Professor Donald Fürchtegott, ein Anhänger Schopenhauers und Nietzsches, nahm ihn trotz anfänglicher Zweifel als Promotionsstudenten und wissenschaftlichen Mitarbeiter an und verschaffte ihm darüber hinaus ein Forschungsstipendium der Studienstiftung des deutschen Volkes. Eine Piccoloflasche Sekt hatte Maxi aufgemacht und mit ihrem Schützling angestoßen, bevor Marcus Erlangen verlassen hatte, um nach Marburg zu ziehen. Und nun kehrte Marcus nach Erlangen zurück, vielleicht, wenn alles klappte, als neuer Inhaber des Schelling-Lehrstuhls.

Abends nahm sie nie den Eingang beim Markgrafentheater, sondern betrat den Botanischen Garten durch eine kleine Tür vom Schlossgarten aus. Warum sie am Abend einen anderen Weg als am Morgen wählte, war ihr selbst nicht klar. Vielleicht lag es daran, dass sie die abendliche Stimmung im Schlossgarten in sich aufnehmen wollte, wenn die Studenten fröhlich auf ihren Decken saßen und ihr Mitgebrachtes verzehrten. Im Abendlicht blinkte die eine oder andere Flasche Wein. Manches Paar kuschelte verliebt im Gras. Dafür hatte Maxi heute kein Auge. Zu sehr beschäftigte sie der Gedanke, ob sie zum Vorsingen gehen sollte. Die Veranstaltung war öffentlich. Jeder, der Lust hatte, konnte am Donnerstag in die Aula im Schloss kommen. Sie würde vermutlich kaum etwas verstehen. Ob er seine Erlanger Erlebnisse mit einflechten würde? Die Gespräche, die sie geführt hatten? Die prägende Episode in Nietzsches Leben, die für immer mit der Hugenottenstadt in Verbindung stehen würde? Der Gedanke, den Vortrag ihres Marcus zu erleben, reizte sie. Den jungen Mann, der stets an sich und seiner Berufung gezweifelt hatte, in seiner Rolle als stolzer Kandidat des renommierten Schelling-Lehrstuhls zu erleben, war das nicht das Hingehen wert? Andererseits, sah es nicht blöd aus, wenn sie sich als ältere Dame, die nichts mit der Universität zu tun hatte, ins Publikum setzte? Und was würde Marcus sagen, wenn er sie entdeckte? Wäre er nicht peinlich berührt?

Den Eingang zum Botanischen Garten fand Wichtel auch dieses Mal wie von selbst. Die Amsel sang und der abendliche Wohlgeruch vieler Pflanzen hing süß in der Luft. Maxi machte die übliche Schleife an den Heilpflanzen vorbei, um anschließend umzukehren und durch das Wäldchen zur Moorlandschaft zu gehen, mit deren Anlage sich die Gärtner besondere Mühe gegeben hatten. Über das Moor war ein großes Maschennetz gespannt, wohl damit sich die Vögel nicht an den seltenen Moosen bedienten. Wichtel trippelte auf seinen krummen Beinen über den Plattenweg, der zwischen den feuchten Wiesen verlief. So gelangten sie zu der südwestlichen Ecke, einem zugewachsenen Hügel, der die Neischl-Grotte verbarg. Neischl hieß die Höhle nach einem großzügigen Professor. Dr. Adalbert Neischl, ein Geologe, hatte die Tropfsteinhöhlen der Fränkischen Schweiz erforscht. Davon inspiriert, hatte er auf eigene Kosten für die Bayerische Landesausstellung 1906 in Nürnberg einen höchst kunstvollen Nachbau einer Höhle aus Beton und Gips anfertigen lassen. Auch den Transport zum Botanischen Garten Erlangen nach Ende der Ausstellung hatte Neischl finanziert. Ein Förderverein hatte sich der Konstruktion angenommen, die über die Jahre baufällig geworden war. Sie wurde aufwendig renoviert, sodass die Tropfsteinnachbauten im Kunstlicht wieder auf das Schönste erstrahlten. Allerdings fehlte es an Freiwilligen, die bei der Höhle den Aufpasser zu spielen bereit waren. So blieb die Neischl-Grotte meist geschlossen.

Wie am Morgen begann Wichtel auch jetzt am Eingangsbereich aufgeregt zu schnüffeln. Erneut musste Maxi ihn mit Gewalt weiterziehen. Dieses Mal jedoch widersetzte Wichtel sich vehement, fing an zu jaulen und zu bellen. Das kannte Maxi gar nicht von ihm. Was war nur mit ihm los? Was hatte er gerochen? Maxi gab Wichtel mehr Leine. Augenblicklich lief der Dackel zum Höhleneingang zurück. Maxi trat näher und blinzelte zwischen den Gitterstäben hindurch, die den Eingang verschlossen. In diesem Moment wurden die Strahlen der untergehenden Sonne, die seitlich durch die Bäume fielen, von der silbernen Scheibe reflektiert, die sie als Schmuck um ihren Hals trug. Ein feiner Strahl leuchtete das Dunkel des Höhleneingangs aus. Maxi erstarrte, als ihre Augen dem Lichtstrahl folgten! In der äußersten, gerade noch einsehbaren Ecke erblickte sie einen Schuh. Und dieser Schuh steckte an einem Fuß.

8

Mit raschen Bewegungen ließ Mütze das Licht seines Handys über die Leiche gleiten. Auf dem Gesicht des Toten blieb der Strahl zitternd stehen. Mütze wusste sofort, wen er vor sich hatte. Kein Zweifel, das musste er sein, das war Nüsslein, der verschwundene Professor. Genauso sah der Mann auf dem Foto aus, das ihm die besorgte Ehefrau gezeigt hatte.

»Mist«, dachte Mütze und verzog das Gesicht. »Sie hat doch den richtigen Riecher gehabt.« Der Kommissar sah die Schlagzeile schon vor sich: »Besorgte Ehefrau wendet sich an Polizei – die schickt sie wieder heim.« Mütze wischte sich über die Stirn. In 99 Prozent der Fälle tauchte ein Vermisster lebendig wieder auf. In einem Prozent der Fälle aber nicht. Doch was hätte es geholfen, wenn sie tatsächlich nach ihm gesucht hätten? Niemals hätten sie ihn in dieser Tropfsteinhöhle vermutet.

Mütze blickte sich um. Ein imposanter Stalagmit glänzte neben ihm und warf einen scharfen Schatten. Oder war es ein Stalaktit? Auf alle Fälle sah er echt aus. Wer hätte gedacht, dass es mitten in Erlangen eine

Tropfsteinhöhle gab? In seiner Jugend waren sie von Dortmund aus öfter im Sauerland gewesen, Höhlen begucken. Die Atta-Höhle oder die Dechenhöhle in Iserlohn. War schon beeindruckend, auf welche Größe Tropfsteine über die Zeit heranwachsen konnten. Und doch war es irgendwie unlogisch. Hieß es nicht, steter Tropfen höhlt den Stein? Die guten alten Sprichwörter, auch sie taugten nur bedingt.

Mütze kniete sich hin. Auf dem Gesicht des Toten lag ein Ausdruck der Überraschung, ja fast von Verblüffung. Das Gesicht war käsig-weiß, einzig die Lippen glänzten seltsam lebendig. Eine kleine, längst geronnene Blutspur führte von dem Loch in der Stirn an der buschigen Braue des rechten Auges entlang und weiter zum Ohr. Kein Zweifel, man hatte Nüsslein erschossen. Ob der Fundort der Leiche der Tatort war? Schleifspuren waren keine zu erkennen.

»Hier kommt niemand rein«, sagte Siegfried, der Gärtner, der das Gitter aufgeschlossen hatte, »es sei denn, er hat einen Schlüssel.«

»Ist das Gitter denn versperrt gewesen?«

»Und wie! Musste drei Mal umdrehen.«

»Wer hat die Leiche entdeckt?«

»Maxi, unsere treueste Besucherin.«

»Wo ist sie?«

»Drüben in unserem Sozialraum, gleich neben den Gewächshäusern. Die Arme ist völlig fertig. Stellen Sie sich vor, Herr Kommissar, sie glaubt, den Toten zu kennen.«

9

Maximilienne starrte vor sich auf den Tisch und streichelte ihrem Hund mechanisch das Fell. Alles Blut war aus ihrem Gesicht gewichen. Eine junge Frau in grüner Latzhose saß bei ihr und hatte eine Tasse Tee vor sie hingestellt. Unberührt dampfte sie vor sich hin. Als Mütze eintrat, schien Maxi ihn nicht wahrzunehmen. Erst als er neben ihr stand und fragte, ob er sich setzen dürfe, hob sie langsam ihren Kopf und blickte ihn verwirrt an.

»Kommissar Mütze, Kripo Erlangen. Frau Berger, wenn ich richtig informiert bin?«

Maxi nickte.

»Frau Berger, stimmt es, dass Sie es gewesen sind, die die Leiche gefunden hat?«

Maxi nickte erneut.

»Sie sagen, Sie kennen den Toten?«

Nun bildeten sich Tränen in Maxis Augenwinkeln. Man konnte zusehen, wie sie größer und größer wurden. Als Maxi anfing zu zittern, löste sich eine und rann im Zickzack zum Nasenflügel hinab.

»Marcus, mein Bub«, sagte sie mit brechender Stimme.

Wichtel gab einen fiepsenden Laut von sich und begann, die herunterhängende Rechte zu lecken. Maxi streichelte ihn noch einmal und flüsterte: »Nicht wahr, mein Guter, du hast schon am Morgen gespürt, was los ist.«

»Am Morgen?«

Stockend fing Maxi an zu erzählen, von ihren Gewohnheiten, von den regelmäßigen Gängen durch den Garten, davon, dass Wichtel bereits beim Morgenspaziergang etwas gewittert hatte.

»Aber ich konnte doch nicht ahnen, dass es … dass es …« Erneut schüttelte es die alte Dame und sie musste zum Taschentuch greifen.

»Wie und wo haben Sie Marcus Nüsslein kennengelernt?«

»Ach, das ist viele Jahre her. Nachdem mein Mann gestorben war, ist die Wohnung so leer gewesen. Ich hab Marcus als Untermieter bei mir aufgenommen, er hat so verloren ausgesehen. Wie ein Junge, der sich damit durchschlägt, Zündhölzer zu verkaufen, verstehen Sie? Blass, mit traurigem Blick.«

Sie hatte ihn aus Mitleid bei sich wohnen lassen. Ein gutes Jahr hatte Marcus bei ihr gewohnt. Während andere Studenten zum Feiern gingen oder Ausflüge machten, war ihr Bub meist in der Wohnung geblieben. Schon nach wenigen Tagen hatte sie ihm angeboten, ihr Wohnzimmer mitzubenutzen, was er, nachdem sich seine anfängliche Scheu gelegt hatte, gerne in Anspruch nahm. Er hatte sich stets in die rechte Ecke des Sofas gesetzt. Umrahmt von hohen Bücherwänden hatte er seinen Kräutertee getrunken und sich in ein Buch vertieft. Gelegentlich war es ihr gelungen, ihn in ein Gespräch zu verwickeln, jedoch hatte sie stets darauf geachtet, ihn nicht zu belästigen. Es hatte ihn nicht gestört, wenn sie das Wort an ihn gerichtet hatte, im Gegenteil, es hatte ihm gefallen. Maxi war belesen, unglaublich, wie viele Gedichte sie auswendig kannte. Marcus hatte staunend den Kopf geschüttelt und ihr gerne zugehört. Wer aus seiner Generation konnte ein Gedicht aus dem Kopf aufsagen? Aus Maxi sprudelte es nur so heraus. Sogar die langen Balladen von Goethe oder Schiller hatte sie drauf. Einmal, an einem diesigen Novembertag, hatte sie Schillers *Taucher* aufgesagt, wie immer mit ruhiger, angenehm unaufgeregter Stimme. Auch das tragische Ende hatte sie nicht künstlich dramatisiert:

»Es kommen, es kommen die Wasser all,
Sie rauschen herauf, sie rauschen nieder,
Den Jüngling bringt keines wieder.«

Über die Ballade waren sie in eine Diskussion geraten, über Macht und Machtmissbrauch, über Führer und Verführte. Warum hatte der König seinen Becher in den furchtbaren Schlund geworfen, warum hatte er den Jüngling ein weiteres Mal ins Meer getrieben? Weil es für einen Tyrannen nichts Berauschenderes gab als das Gefühl, seine Untertanen zu manipulieren? Maxi hatte noch einen anderen Aspekt angesprochen. Warum schickte der König den jungen Mann überhaupt in die

Tiefe? Weil er sich wichtige Erkenntnisse erhoffte, weil er sich unsicher war über sich selbst. Das Meer mit seinen Untiefen, stand es nicht für die Seele des Königs? Der Despot kannte sich und seine Schatten nicht. Nur nebulös ahnte er, welche Schrecken ihn in der dunklen Tiefe erwarteten. Deshalb tauchte er nicht selbst, sondern schickte den Jungen los.

Marcus war von diesem Gedanken fasziniert gewesen und hatte ihn weitergesponnen, bis auf eine religiöse Ebene. »Verhält es sich mit Gott und den Menschen nicht ebenso?«, hatte er gefragt, um sich selbst die Antwort zu geben. »Gott kann sich seiner selbst nicht bewusst werden. Darum hat er den Menschen erschaffen, der ihm zu diesem Bewusstsein verhelfen sollte. Mit gnadenloser Ungeduld lässt er sein Geschöpf seither tauchen, um das Rätsel seines Wesens zu lösen, die Liebe und das Leben des Menschen setzt er aufs Spiel. Am Ende opfert er den Menschen lieber, als seine Neugier unbefriedigt zu lassen.«

Maxi hatte den Kopf kritisch dazu gewiegt. Ihr Gottesverständnis war ein anderes. Aber natürlich ließ sich Schillers Ballade in diesem Sinne deuten, keine Frage.

Viele solcher Gespräche hatten sie geführt. Häufig stand ein Gedicht am Anfang, das sie vorgetragen hatte, oft von Heinrich Heine, den sie besonders liebte, mancher Vers war auch von Friedrich Rückert, der in Erlangen gelehrt hatte. Einmal hatte sie ein Gedicht von Nietzsche zitiert, das Mitternachtslied. Sie kannte es aus der dritten Sinfonie von Gustav Mahler.

O Mensch! Gib Acht!
Was spricht die tiefe Mitternacht?
»Ich schlief, ich schlief –,
Aus tiefem Traum bin ich erwacht:
Die Welt ist tief,
Und tiefer als der Tag gedacht,
Tief ist ihr Weh –,
Lust – tiefer noch als Herzeleid:
Weh spricht: Vergeh!
Doch alle Lust will Ewigkeit –,
– will tiefe, tiefe Ewigkeit!«

Es stammte aus dem Zarathustra, Nietzsches seltsamstem, fast religiös anmutendem Spätwerk. Auch über dieses Gedicht waren sie in ein längeres Gespräch gekommen. Die Kernfrage, die sie diskutiert hatten, lautete: Was passiert mit einem Philosophen, wenn er zu dichten beginnt? Verwässert die Dichtung seine philosophischen Gedanken oder wird die Theorie durch die Dichtkunst erst zum Leuchten gebracht?

Marcus hatte, nachdem sie das Gedicht ein weiteres Mal zitiert hatte – etwas, das sie gerne machte, denn erst beim zweiten Hören verstand man viele Gedichte richtig –, nachdenklich bemerkt, man müsse sich Nietzsche wohl als traurigen Menschen vorstellen. Ob das wiederum an der Philosophie lag? Ob sie jeden unglücklich machte, machen musste, der sich mit ihr beschäftigte? Weil das Reflektieren über unsere Daseinsgründe zwangsläufig zu der Erkenntnis führte, wie unvollkommen der Mensch war?

»Was ist mit Epikur?«, hatte sie darauf erwidert. »Epikur war doch auch ein großer Philosoph, zugleich aber auch ein Optimist, der an das Glück glaubte, wenn ich ihn richtig verstanden habe. Korrigier mich, wenn ich etwas Falsches sage. Sein Glücksrezept bestand nur aus vier kurzen Sätzen: Vor Göttern braucht man sich nicht zu fürchten. Der Tod stellt keine Bedrohung dar. Das Gute ist leicht zu schaffen. Das Bedrohliche ist leicht zu ertragen.«

Maxi schloss die Augen. Sie sah Marcus vor sich, als wenn es gestern gewesen wäre. In seinem schwarzen Rollkragenpullover hatte er auf dem Sofa gesessen, mit hängenden Schultern. Leise hatte er erwidert: »Die Götter und den Tod fürchte ich nicht. Das Bedrohliche zu ertragen jedoch will mir nicht gelingen.«

Auch Nietzsche hatte das Bedrohliche nicht ertragen. Als bedrohlich hatte er die Gefahr empfunden, die vom Mitleid ausging. Hier in Erlangen hatte es seinen Ausgang genommen, mit den fürchterlichen Kriegserlebnissen auf den Schlachtfeldern in Frankreich. Auch Marcus hatte solch eine weiche Seele besessen, Nietzsche darin sehr verwandt. Ob auch ihr Bub das Mitleid gemeint hatte, als er vom Bedrohlichen gesprochen hatte?

Der Kommissar verabschiedete sich von der Zeugin. Zuletzt hatte sie berichtet, dass sie Marcus aus den Augen verloren habe. Als die Tür hinter Mütze ins Schloss fiel, flüsterte sie Wichtel noch zu: »Nie aber aus dem Herzen.«

10

Als er draußen vor den Tropenhäusern stand, entfuhr Mütze ein Seufzer. Nicht dass ihm der Anblick der Leiche zu Herzen gegangen wäre, im Gegenteil, er liebte berufliche Herausforderungen. Aber was als Nächstes auf ihn wartete, war ihm zuwider. Mit missmutigem Gesicht zog er das Handy aus seiner Schimanski-Jacke und tippte die Nummer der Witwe ein. Bereits nach dem ersten Läuten meldete sich eine Stimme, hektisch und aufgeregt.

»Frau van der Vaart? Mütze hier. Sind Sie im Hotel? – Okay, okay! Ich bin in einer Minute bei Ihnen.«

Claudia van der Vaart stand schon in der Tür, als Mütze aus der Theaterpassage auftauchte.

»Wo können wir ungestört miteinander sprechen?«, fragte der Kommissar.

»Er ist tot, nicht wahr?«, entfuhr es ihr.

Mütze nickte.

Entsetzt schlug sie sich die Hand vor den Mund und starrte ihn an.

Mütze verzog den rechten Mundwinkel, was Mitgefühl ausdrücken sollte. »Können wir auf Ihr Zimmer gehen?«

Das Zimmer befand sich im ersten Stock. Das Sprossenfenster erlaubte den Blick zum Hinterhof hinaus. Fahrräder standen dort dicht an dicht, daneben eine bunte Parade von Mülltonnen. Erlangen gab sich viel Mühe mit der Mülltrennung. Mütze machte eine einladende Bewegung mit der Hand und sie setzten sich an das niedrige Tischchen. Frau van der Vaart atmete tief durch, nahm eine aufrechte Haltung an und sah Mütze direkt in die Augen.

»Was ist passiert? Erzählen Sie mir alles, Herr Kommissar, die ganze Wahrheit!«

Mütze berichtete mit knappen Worten und so neutral wie möglich. Er war froh, dass ihm die Witwe keine Szene machte. Innerlich war er auf das Schlimmste vorbereitet gewesen. Schließlich hatte sie auf eine Suchaktion gedrängt und er hatte sie mit genervtem Augenrollen weggeschickt.

Als Mütze die Tropfsteinhöhle im Botanischen Garten erwähnte, kniff die Witwe die Augen überrascht zusammen.

»Führen Sie mich hin!«

»Wir können mit der Identifizierung gerne warten, bis man Ihren Mann in die Pathologie gebracht hat.«

»Ich will jetzt zu ihm, auf der Stelle!«

11

Mütze nickte den Kollegen zu, die den Bereich vor der Tropfsteinhöhle mit Flatterband abgesichert hatten, und man ließ sie passieren. Aus den Augenwinkeln beobachtete er das Gesicht der Witwe. Es wirkte, als hätte sie eine Maske aufgesetzt, schön, aber kalt. Ihr beigefarbener Trenchcoat war eng gegürtet, der Kragen hochgeschlagen. Als sie den Höhleneingang erreichten, hielt Mütze sie zurück. Leise sprach er mit Siegfried, dem Gärtner, dann wurde das Licht in der Höhle angeschaltet.

»Gehen wir!«, sagte Mütze.

Zusammen betraten sie den Eingang der Grotte. Die Szene mutete unwirklich an, fast wie im Theater oder in einem sakralen Raum. Die Höhle wurde intensiv ausgeleuchtet, die Lichtquellen hatte man gut versteckt, sodass man sie nur erahnen konnte. Der Stalagmit neben dem Toten erschien noch imposanter, man meinte, die frischen Tropfen zu sehen, die ihm den Glanz verliehen. Er schimmerte in zarten Ockertönen, die teils ins Rötliche, teils ins Gelbliche changierten. Scharf warf er einen Schatten auf die gegenüberliegende Wand. Dahinter war eine ausgeleuchtete Nische zu erkennen, in der man das Profil einer hängenden Fledermaus wahrzunehmen glaubte. Von der Decke hingen zahlreiche kleinere Gebilde, die an spitze Eiszapfen erinnerten. Claudia van der Vaart hatte für all das keinen Blick. Unbewegt schaute sie zu ihrem Mann hinab, die schlanken Hände vor der Brust gefaltet, beinahe wie zum Gebet. Dann fing sie an zu zittern.

»Er ist es, nicht wahr?«, fragte Mütze so teilnahmsvoll, wie es ihm möglich war.

Die Witwe nickte stumm. Nach einer Weile flüsterte sie hastig, ohne ihren Blick von ihrem Mann zu wenden: »Man hat ihn erschossen, stimmt's?«

Mütze berührte sie sanft am Arm und führte sie wieder hinaus ins Helle. Es war längst Abend geworden. Warm ließen die letzten Sonnenstrahlen die Kronen der hohen Bäume aufleuchten.

»Wie ist Marcus in die Höhle geraten?«, fragte Claudia van der Vaart mit belegter Stimme.

»Das finden wir noch heraus«, antwortete Mütze.

Die Witwe blickte zu einem mächtigen Nussbaum hinauf, sodass ihr schlanker Halsmuskel hervortrat, und schüttelte unmerklich den Kopf. »Ich kann's einfach nicht glauben«, sagte sie mehr zu sich als zu Mütze. »Das ist alles so seltsam.«

»Was ist seltsam?«

»Dass Marcus in einer Höhle gestorben sein soll. Das Höhlengleichnis von Platon, Sie wissen schon, erst letzte Woche hat er davon gesprochen.«

Mütze meinte sich dunkel zu erinnern, von dem Gleichnis gehört zu haben, ging aber nicht weiter darauf ein. Nicht selten hatte er es erlebt, dass Schocksituationen die verrücktesten Assoziationen hervorriefen. Er räusperte sich vernehmlich. »Frau van der Vaart, hatte Ihr Mann Feinde?«

»Feinde?« Brüsk sah die Witwe ihn an.

»Wer könnte ihn getötet haben? Haben Sie einen Verdacht?«

»Verdacht? Wer sollte zu solch einer Tat fähig sein? Ich kenne Marcus wie kein anderer. Wir sind auch auf wissenschaftlichem Gebiet schon lange ein Paar gewesen. Glauben Sie mir, Marcus war der wunderbarste Mensch auf Erden.«

Mütze nickte. »Gewiss, Frau van der Vaart. Anders gefragt: Fällt Ihnen jemand ein, der vom Tod Ihres Mannes profitiert?«

»Ich verstehe nicht …«

»Am Donnerstag soll doch dieses Vorsingen stattfinden.«

»Ach, Sie meinen … Nein, nein, wo denken Sie hin? Meinen Sie im Ernst, einer der anderen Kandidaten hat ihn auf dem Gewissen?«

»Vielleicht gab es Neider. Jemanden, der fürchtete, Ihr Mann schnappt ihm den Lehrstuhl weg.«

»Schon. Aber deshalb bringt ihn doch keiner um, Herr Kommissar, was für ein abwegiger Gedanke!«

Mütze begleitete sie zum Hotel und bat sie um das Handy ihres Mannes. Sie gab es ihm, ohne weitere Fragen zu stellen. Mütze ging zurück zum Botanischen Garten. Keine Feinde, okay, auch kein eifersüchtiger Konkurrent. Was hatte es zu bedeuten, dass sich die

Pupillen der Witwe bei der Frage nach den anderen Kandidaten plötzlich verkleinert hatten?

Als Mütze die Höhle erneut betrat, brannte dort noch Licht.

»Können wir die Leiche zur Rechtsmedizin bringen?«, fragte ihn ein Kollege.

»Natürlich«, antwortete Mütze.

12

Gärtner Siegfried war über drei Jahrzehnte im Botanischen Garten tätig, aber noch nie hatte sich an diesem friedlichen Ort ein solches Verbrechen ereignet. Die Frage, wie jemand nachts in den versperrten Garten gelangen konnte, überforderte ihn. Prinzipiell war es möglich, sich vor dem Torschluss im Labyrinth der Wege, Büsche und Wäldchen oder im Schatten der Gewächshäuser zu verstecken. Warum aber sollte der Professor das getan haben?

Mütze blickte zu dem Zaun, der den Botanischen Garten und den Schlossgarten trennte. Er war nicht sehr hoch. Ein sportlicher Mensch könnte leicht hinüberklettern, erst recht mit einem Hilfsmittel wie einem Klappstuhl oder einer Kiste. Damit war jedoch nicht geklärt, wie Nüsslein und sein Mörder in die Neischl-Grotte gekommen waren.

»Natürlich haben wir alle einen Schlüssel, auch für die Höhle. Ohne diesen kommt man nicht hinein«, sagte Siegfried, »es sei denn …«

»Es sei denn …?«

»Es sei denn, man kennt das Versteck.«

»Versteck?«

»Für unsere ehrenamtlichen Höhlenführer. Die Neischl-Grotte ist üblicherweise versperrt. Die Gefahr wäre zu groß, dass Vandalen das mühsam renovierte Höhleninnere beschädigen. Zu bestimmten Zeiten gibt es die Möglichkeit, die Höhle zu besichtigen, nämlich dann, wenn einer der Höhlenfreunde sich als Aufsichtsperson zur Verfügung stellt. Zu diesem Zweck ist ein Schlüssel am nördlichen Höhleneingang versteckt. Wir können ja nicht jedem Höhlenfreund einen eigenen Schlüssel geben.«

Mützes Augen blitzten auf.

»Zeigen Sie mir das Versteck!«

Zusammen gingen sie um die Höhle herum zum nördlichen Eingang. Rechts neben dem Gitter führten ein paar überwachsene Stufen den künstlichen Hügel hinauf. Mit einem raschen Satz war Siegfried oben, Mütze konnte ihm gerade noch hinterherrufen: »Nichts anfassen!« Siegfried blickte sich um und deutete auf eine Vertiefung im Fels: »Dort liegt der Schlüssel!«

Nachdem der Gärtner hinuntergesprungen war, kletterte Mütze hinauf. Nach kurzer Suche sah er etwas aufleuchten. Der Schlüssel hing an einem grünen Anhänger und lag kaum sichtbar in einer Ausbuchtung des Felsens. Der Kommissar streifte sich Einmalhandschuhe über und steckte das Fundstück in einen Frischhaltebeutel, um es der Spurensicherung zu geben. Dann sprang auch er wieder hinab.

»Wer weiß alles von dem Versteck?«

»Nur die Gruppe der Höhlenfreunde, sechs bis sieben Personen.«

»Wann fand die letzte Führung statt?«

»Das muss am Sonntag gewesen sein, jawohl, letzten Sonntagnachmittag.«

»Wer war da der Höhlenführer?«

»Das weiß ich nicht. Sonntag bin ich nicht im Dienst gewesen. Aber ich kann nachschauen.«

»Ich bitte darum.«

In diesem Moment meldete sich Mützes Handy.

»Big-Chip? Du hast diesen Gremlin erreicht? Sehr gut. Wo treff ich euch?«

13

Der *Bayerische Hof* galt als das erste Haus der Stadt. Obwohl das Hotel etwas in die Jahre gekommen war, verfügte es über die repräsentativsten Räume und über genügend Platz, eine Seltenheit in der Hugenottenstadt. Die Gebäude hier waren in der Regel klein und niedrig. Mütze kurvte schwungvoll an der Schranke vorbei Richtung Eingang. Die Tiefgarage war nur etwas für wagemutige Geister. Da er um den gepflegten Lack seines Mantas fürchtete, parkte der Kommissar lieber direkt vor dem Eingang im Parkverbot, wo seine Edelkarre von einem steinernen Löwen bewacht wurde. Seitlich der gläsernen Eingangstür, neben der stolz das Logo der Rotarier prangte, wartete ein Mann, dessen T-Shirt sich strecken musste, um den Bauch zu verdecken. Es war Big-Chip, Computerexperte und Hardcore-Franke. Normalerweise mied der gemütliche Nürnberger diesen Ort wie der Teufel das Weihwasser. *Bayerischer Hof*! Wer benannte sein Haus denn nach der Besatzungsmacht? Nun war Big-Chip jedoch trotz aller Vorbehalte zur Stelle, um mit Mütze gemeinsam zu ermitteln.

»Gremlin sitzt im Foyer. Hab ihm nicht verraten, worum es geht.«

»Sehr gut«, sagte Mütze und boxte Big-Chip freundschaftlich in den Bauch. »Hier ist Nüssleins Handy. Vielleicht hat der Mörder ja eine Botschaft hinterlassen. Aber nun nix wie rein!«

Mit angespanntem Gesicht saß der Professor auf einem der ausladenden Sofas im Foyer. Der Tag hatte ihn sichtlich mitgenommen und nun auch noch das! Was wollte die Polizei von ihm? Das verhieß nichts Gutes. Mütze kam gleich zur Sache und berichtete vom Tod Nüssleins. Seufzend vergrub Gremlin sein Gesicht in den Händen und sackte in sich zusammen. Womit hatte er das verdient? Ein Fluch schien über der Neubesetzung des Lehrstuhls zu liegen. Erst der plötzliche und so unerklärliche Rückzug seines Geheimfavoriten Schüpferling und nun diese Hiobsbotschaft! Mühsam richtete sich der Philosoph auf und sah Mütze an.

»Getötet? Sie sagten wirklich, Nüsslein sei getötet worden?«

»Leider ja. Ein Unfall ist ausgeschlossen. Professor Gremlin, was war Marcus Nüsslein für ein Mensch?«

»Willst du leben, musst du dienen; willst du frei sein, musst du sterben«, murmelte Gremlin gedankenverloren.

»Wie bitte?«

»Hegel. Hat wie immer recht.«

Die Kommissare sahen sich an und runzelten die Stirn. Mütze riss sich zusammen und versuchte es erneut. »Herr Professor, wir versuchen, uns ein Bild von dem zu machen, was geschehen ist, und bitten um Ihre Mithilfe. Wie war Nüsslein als Person? Hatte er Feinde? Gab es irgendwelche dunklen Seiten?«

Gremlin lehnte sich zurück in die Kissen, warf die Arme über die Rückenlehne und schloss die Augen, bevor er zu sprechen begann. »In dem Felde der Endlichkeit ist die Bestimmung, dass jeder bleibt, was er ist. Hat er Böses getan, so ist er böse: Das Böse ist in ihm als seine Qualität. Aber schon in der Moral, noch mehr in der Sphäre der Religion wird der Geist als frei gewusst, als affirmativ in sich selbst, sodass diese Schranke an ihm, die bis zum Bösen fortgeht, für die Unendlichkeit des Geistes ein Nichtiges ist: Der Geist kann das Geschehene ungeschehen machen.«

Mütze, der zunehmend ungeduldiger zugehört hatte, wurde nun lauter. »Lieber Herr Professor, bei allem Respekt, diese Tat kann nichts ungeschehen machen!«

»Die Handlung bleibt wohl in Erinnerung, aber der Geist streift sie ab.«

»Nichts werden wir abstreifen, mit Verlaub, Herr Gremlin, wir werden die Wahrheit herausfinden, da können Sie Gift drauf nehmen.«

Der Professor öffnete seine Augen wieder und sah Mütze gerührt, ja fast mitleidig an. »Der Mut der Wahrheit, der Glaube an die Macht des Geistes ist die erste Bedingung für ein philosophisches Studium. Sie als Kommissare verkörpern diesen Mut. Sie sind für mich praktizierende Philosophen, meine Herren!«

»Danke für das Kompliment!«, sagte Mütze mit beißender Ironie. »Eine letzte Frage noch: Wo waren Sie gestern Abend in der Zeit ab 17 Uhr, Herr Professor?«

»Gestern Abend? Hier im Hotel. Bin noch mal die Bewerbungsunterlagen durchgegangen.«

»Allein?«

»Aus dem Alleinsein nur erwächst Werden.«

14

Karl-Dieter fühlte sich maximal unwohl und stierte auf die Tischplatte. Allein in einem vollen Biergarten, ein Glas Mineralwasser vor sich, kam er sich vor wie ein Klassikliebhaber, der sich auf ein Konzert der Stones verirrt hat. Die Sonne war untergegangen und von Mütze fehlte jede Spur. »Es wird etwas später«, hatte er per *Signal* mitgeteilt. Garniert mit einem Mund-nach-unten-Emoji. Karl-Dieter schnaubte. Etwas später! Seit einer guten halben Stunde saß er nun schon im Hof des Steinbach Bräu und verteidigte Mützes Platz gegen zahlreiche Interessenten.

Der Juniabend war mild. In den Zweigen der alten Eiche, die den Mittelpunkt des Biergartens bildete – Karl-Dieter hatte sie mal spaßhaft als Weltenesche von Erlangen bezeichnet –, leuchtete es bunt. Überall hingen rote und orangefarbene Lampions, die dem Hof eine chinesische Atmosphäre verliehen, ein fränkisch-asiatisches Crossover. Dazu duftete es köstlich nach Bratwürsten, die in einer kleinen Bude gebrutzelt wurden. Karl-Dieter blieb standhaft. Er würde sich, wenn Mütze kam, eine Kinderportion Obatzten gönnen, das musste reichen.

Karl-Dieter sah sich um. Überall lachende Gesichter, auch Menschen, die Bekannte suchten. Wo blieb der Freund nur? Karl-Dieter nippte erneut an seinem Wasser und rieb sich die Nase. Eine Gewohnheit, die verriet, wie sehr er fremdelte. Wäre er ein Biertrinker, wäre alles halb so schlimm, ja völlig normal. Es gab nicht wenige Franken, die nach der Arbeit ins Wirtshaus oder auf den Keller gingen, sich still vor ihren Bierkrug setzten, vor sich hin sinnierten, ein zweites Seidla bestellten, später ein drittes, um am Ende schweigend nach Hause zu gehen. Den ganzen Abend hatten sie mit niemandem ein Wort gewechselt, dennoch würden sie, wenn man sie fragte, was natürlich keinem jemals einfiel, den Abend als überaus gelungen bezeichnen. Karl-Dieter hatte oft überlegt, wohin die Gedanken dieser stillen Bierdimpfl auf Reisen gingen. »Auf Reisen gehen?«, hatte Mütze gelacht. Die Gedanken würden nicht reisen, sondern friedlich entschlummern, ein süßes Gefühl der Dösigkeit würde sich einschleichen. »Ein fränkisches Bierwana«, hatte Mütze gelacht, »dem der alten Kohlearbeiter in den Dortmunder Eckkneipen nicht unähnlich.«

Karl-Dieter empfand einen leichten Neid, als er darüber nachdachte. Wenn es ihm doch auch gelänge, seine Gedanken einfach mal abzustellen. In ihm dachte es unaufhörlich und oft waren die Themen nicht besonders erquicklich. Besonders beim Einschlafen war das sehr hinderlich. Er hatte verschiedenste Techniken ausprobiert, wenn er nächtlich in seinen Kissen lag. Aktuell versuchte er es mit der Kellertreppenmethode. Bei jedem Ausatmen trat er eine imaginäre Treppenstufe tiefer. Einatmen, ausatmen, eine Stufe tiefer treten; einatmen, ausatmen, eine Stufe tiefer treten … Bislang war der Erfolg mäßig. Gestern hatte er das Gefühl gehabt, bereits in Australien angekommen zu sein, immer noch hellwach.

Jäh sauste eine Hand auf seine rechte Schulter nieder.

Karl-Dieter sah auf. Mütze! Na, endlich!

»Entschuldige, Knuffi, die Maloche, weißt schon.«

Mütze wirkte alles andere als überarbeitet, putzmunter war er. Dafür konnte es nur einen Grund geben: Ein Verbrechen war passiert, und zwar kein Fahrraddiebstahl. Karl-Dieter kannte den Freund gut genug.

Mütze zwinkerte ihm zu, als er sich auf die Bierbank schwang. »Schmeckt das Wasser?«, fragte er zum Vergnügen der Banknachbarn.

»Idiot!« Karl-Dieter lächelte gezwungen.

Zugleich war die Neugierde in ihm erwacht. Das Dumme war nur, dass Mütze am Biertisch nichts erzählen würde. Die Kellnerin kam, offensichtlich eine Studentin, die sich etwas hinzuverdiente. Mütze bestellte nicht den üblichen *Storch*, sondern einen Krug Bergkirchweihbier. Ab Donnerstag würde es das Blut der Erlanger verdünnen, denn da war Anstich oben auf dem Berg, und in der Stadt würde für elf Tage der Ausnahmezustand herrschen. Auf dem Burgberg war längst alles vorbereitet, die Budenstraße mit dem traditionellen Riesenrad in der Mitte und natürlich die Bierzelte, wohin alles flüchtete, falls es zu regnen begann und das Blätterdach der hohen Bäume undicht wurde.

»Prost, Knuffi!«

»Prost, Mütze!«

Mütze nahm einen tiefen Schluck und wischte sich anschließend mit dem Handrücken den Schaum von den Lippen. Kein schlechter Tropfen, würzig, mit einer leicht rauchigen Note. Der *Storch* schmeckte ihm aber noch eine Spur besser, ein lebendiges Bier, hefefrisch und ungespundet.

»Und?«, fragte Karl-Dieter so unschuldig wie möglich. Vielleicht machte Mütze zumindest eine Andeutung.

Auf Mützes Lippen trat ein sibyllinisches Lächeln. »Wie war das noch gleich mit diesem Höhlengleichnis?«

»Du meinst Platon?«

»Genau.«

»Wie kommst du denn darauf?«

»Egal. Ist mir heute begegnet.«

Karl-Dieter nippte am Wasser. Was sollte das bedeuten? Was kam ihm Mütze mit den alten Griechen? Aber okay, warum nicht?

»Stell dir vor, du sitzt in einer Höhle und kannst nur auf eine Wand starren, weil man dich wie alle Höhlenbewohner gefesselt hat. Der Ausgang der Höhle liegt hinter dir, aus dieser Richtung kommt das Licht. Zwischen dir und dem Ausgang befindet sich eine halbhohe Mauer. Dort sitzen Menschen, die Figuren in den Händen halten. Die Schatten dieser Figuren werden auf die Höhlenwand vor dir geworfen.«

»Wie bei einem Schattenspiel.«

»So in der Art. Du versuchst, aus dem Spiel der Figuren eine Handlung abzulesen, versuchst, Gesetzmäßigkeiten zu erkennen, genau wie die anderen gefesselten Höhlenbewohner neben dir. Wer die besten Prognosen trifft, gilt als der Weiseste.«

»Klingt nach einem ziemlich öden Leben«, sagte Mütze.

»Das ist es auch, jedenfalls nach Platon. Wenn es aber jemandem gelingt, sich von den Fesseln zu befreien, dann kann er aus der Höhle hinaustreten. Zunächst wird er durch das Licht der Sonne geblendet, sodass er völlig verwirrt ist. Dann erkennt er, dass die Wirklichkeit eine fundamental andere ist als die Schatten an der Höhlenwand. Wenn er nun zurück in die Höhle geht und den anderen Höhlenbewohnern aufgeregt erzählt, was er erkannt hat, werden sie ihn auslachen. Sie halten ihn für verrückt und glauben ihm kein Wort, zumal er, nun gewöhnt an das helle Licht, durch das Höhlendunkel in seiner Wahrnehmung so eingeschränkt ist, dass er zu dem Spiel der Schatten nichts Vernünftiges mehr sagen kann, was wiederum die anderen Höhlenbewohner in der Meinung bestärkt, dass er einen Schaden hat.«

Mütze nickte und nahm einen weiteren Schluck. »Verstehe. Platon will sagen, dass die Leute, die wir für verrückt erklären, oftmals die eigentlich Wissenden sind.«

»Vielleicht auch das. Was er mit seinem Gleichnis aber vor allem ausdrücken will, ist, dass wir Höhlenbewohner die Wirklichkeit nicht erkennen können, sondern allenfalls ihr Abbild als Schattenspiel. Zugleich halten wir uns für unglaublich gescheit, wenn wir glauben, in dem Spiel einen Sinn zu sehen. Platon war Idealist.«

»Verstehe, ein besonders edler Mensch.«

»Das nicht, jedenfalls weiß ich nichts darüber. Platon war Idealist im philosophischen Sinne. Mit dem Höhlengleichnis will er uns sagen, dass es keine Wirklichkeit im objektiven Sinne gibt, außer in der Welt der Ideen. Alles ist nur das Produkt unserer sinnlichen Wahrnehmung, einzig die Welt der Ideen ist real.«

Mütze blickte Karl-Dieter misstrauisch an.

»Platon meint, dieses Bier hier bilde ich mir nur ein?«

»So ungefähr.«

»Sag das nicht so laut. Sonst verweigert der nächste Gast die Bezahlung. Eingebildete Warenlieferungen sind umsonst.«

Karl-Dieter musste seufzen. An Mütze war jeder philosophische Gedanke verschwendet. Glücklicherweise verabschiedeten sich nun die Gäste an ihrem Tisch, sodass sie für sich waren.

»Nun erzähl schon, Mütze. Was ist passiert?«

Mütze, der sich ein zweites Bier bestellt hatte, blickte tadelnd. Musste Karl-Dieter sich schon wieder in seine Angelegenheiten mischen? Er fragte ihn doch auch nicht nach seinem nächsten Bühnenbild. Da er morgen ohnehin alles in der Zeitung lesen würde, wollte er nicht so sein. »Man hat eine Leiche gefunden.«

»Wo?«

»Mitten in Erlangen. In einer Tropfsteinhöhle.«

»Eine Tropfsteinhöhle? In Erlangen? Willst du mich auf den Arm nehmen?«

In diesem Moment klingelte Mützes Handy.

»Professor Krautwurst? Nein, das passt wunderbar. Ich bin gleich bei Ihnen.«

15

Die Pathologie mit der Gerichtsmedizin war nur einen Katzensprung entfernt, ein ehrwürdiges Gebäude in gedrungenen Jugendstilformen. Die Kellerräume waren hochmodern. Alles war mit weißen Kacheln gefliest bis hinauf zur Decke. Im mittleren Sektionssaal lag eine Leiche auf dem Tisch. Professor Krautwurst begrüßte Mütze mit einem freundlichen Hallo, die Hand wollte er ihm aus verständlichen Gründen nicht geben. Den OP-Handschuhen war deutlich anzusehen, dass der Rechtsmediziner bereits fleißig bei der Arbeit gewesen war. Die beiden Männer kannten sich seit Langem und mochten sich. Mütze schätzte den messerscharfen Verstand des Professors und seine brillanten Analysen, die er mit trockenem Humor zu würzen verstand.

»Ich brauche die Herren ja nicht vorzustellen«, sagte Krautwurst und deutete auf den Mann auf dem Sektionstisch. »Marcus Nüsslein, Philosoph. Schade, dass er unsere Professorenschaft nicht mehr bereichern kann. Hab einiges von ihm gelesen, heller Kopf. Seine kritische Nietzsche-Biografie, der Hammer. Hätten Sie geahnt, das Nietzsches zentrale Gedanken auf ein schockierendes Erlebnis zurückgehen, das mit unserem Städtchen in zentralem Zusammenhang steht?«

Mütze nickte nur zerstreut. Wenn er nicht gewusst hätte, wer da auf dem Tisch lag, er hätte den Toten nicht erkannt. Man hatte ihm die Kopfhaut aufgeschnitten und den Skalp über das Gesicht gezogen, sodass unten die Haare wie ein Bart heraushingen. Die Schädelkalotte war kreisförmig aufgesägt, Krautwurst nahm den Deckel ab und der Blick auf die Gehirnwindungen wurde frei.

Der Professor hielt Mütze die Hirnschale hin und deutete auf ein hässliches Loch: »Sauberer Durchschuss, kaum gesplittert. Darf ich Ihnen den Schusskanal durch das Hirn zeigen?« Bei diesen Worten griff er zu einem chirurgischen Instrument und spreizte den Stirnlappen.

Nun erkannte Mütze, dass das Gehirn mit einem sauberen Schnitt geöffnet worden war. Der Schusskanal war selbst für einen medizinischen Laien deutlich auszumachen, er verlief mitten durch das Stirnhirn.

»Die Verletzung des Frontallappens hat ihn nicht umgebracht«, sagte der Professor. »Der Mensch kann wunderbar ohne Frontallappen leben. Es gab da einen Gößweinsteiner Bauern, einen feinen Kerl, der schreckliche Wutanfälle bekommen konnte. Seine Frau wollte ihn deswegen verlassen, zusammen mit den Kindern. Das hat der Mensch nicht ausgehalten. Er ist auf den Speicherboden, hat sein Gewehr mit dem Kolben auf den Boden gestellt, den Kopf direkt an den Lauf gehalten und abgedrückt. Die Kugel ist ihm von unten durch die Stirn und oben wieder raus. Kaum zu glauben, aber er hat's überlebt. Als er wieder aus dem Krankenhaus entlassen worden ist, war er der friedlichste Mensch der Welt, etwas antriebslos zwar, aber kein Wüterich mehr. Frontalhirnsyndrom.«

»Erstaunlich. Er hat sich sozusagen selbst therapiert.«

»So ungefähr. Allerdings kann die Methode nicht allgemein empfohlen werden.«

»Und woran ist unser Nüsslein *dann* gestorben, wenn's nicht das Frontalhirn gewesen ist?«

»Der Schuss ging weiter, hat das Stammhirn zerfetzt und das Atemzentrum durchschlagen. Das war's. Auch den Hinterhauptlappen hat die Kugel noch erwischt, erst auf der Rückseite des Schädels ist ihr die Luft ausgegangen. Dort haben wir sie gefunden.« Krautwurst griff sich eine Pinzette und eine Nierenschale, die zwischen den Beinen des Toten stand. Daraus pickte er sich die Kugel. »Schauen Sie!« Er drehte die Schädelkalotte mit der Öffnung nach oben und ließ die Kugel hineinfallen. Mit geschickten Bewegungen versetzte er sie in eine kreisförmige Bewegung. Fast wie beim Roulette, dachte Mütze. Nun verlangsamte der Professor die Fahrt der Kugel und kippte die Schale ein wenig. Die Kugel purzelte durch das Loch und fiel mit hellem Klirren zurück in die Nierenschale.

»4,4 Millimeter«, sagte der Professor, »kleines Kaliber, aber durchaus durchschlagskräftig, besonders, wenn man das Ding aus der Nähe abfeuert.«

»Woher wissen wir das mit der Nähe?«

»Uno momento!« Der Professor setzte die Hirnschale zurück auf ihren Platz, griff sich den heruntergezogenen Skalp und zog ihn zurück über den Schädel. Es gab einen schnalzenden Laut, ehe das Gesicht des Toten wieder sichtbar war.

Mütze staunte, wie gut alles zueinanderpasste. Es fiel kaum auf, dass man den Schädel aufgeschnitten hatte.

Krautwurst deutete mit der Pinzette auf das Loch in der Stirn. »Schmauchspuren. Mit dem bloßen Auge kaum zu erkennen, wohl aber unter dem Mikroskop. Wollen Sie einen Blick hineinwerfen?«

Mütze dankte und schüttelte verneinend den Kopf. Warum sollte er Zweifel an den Worten des Rechtsmediziners haben? »Haben Sie sonst noch was gefunden?«, fragte er stattdessen.

»Hm. Wie man's nimmt. Der Tote muss im Leben von den Göttern gesegnet worden sein.«

»Wieso das?« Mütze erstaunte so schnell nichts, nun jedoch war er baff. Was Professor Krautwurst aus der sterblichen Hülle eines Menschen ablesen konnte, war immer wieder verblüffend!

»Professor Nüsslein scheint eine gute Ehe geführt zu haben«, sagte Krautwurst lächelnd.

»Wie kommen Sie darauf?«

»Nun, er wurde kurz vor seinem Tod auf die Lippen geküsst.« Krautwurst deutete auf den Mund des Toten.

Tatsächlich. Auf den Lippen lag der sanfte Glanz eines Lippenstifts, ein helles Pink. Schon in der Höhle war Mütze aufgefallen, wie lebendig die Lippen in dem käsig-weißen Gesicht wirkten. Nun wurde ihm klar, warum. Es lag am Lippenstift. Der Kommissar kratzte sich am Kopf.

»Ist was mit dem Lippenstift?«, fragte der Professor.

»Er bringt mich tatsächlich ins Grübeln«, sagte Mütze. Täuschte er sich? Die Lippen der Witwe waren alles andere als pink gewesen. Ob Frauen verschiedenfarbige Lippenstifte benutzten? Er würde Karl-Dieter fragen, der kannte sich mit so etwas aus.

»Wollen Sie die Reste der Henkersmahlzeit sehen?«

Mütze sah verstohlen zu den Einmachgläsern hinüber, die in einem offenen Regal standen, und lehnte dankend ab. Mageninhalte zu inspizieren, gehörte nicht zu seinen Lieblingsaufgaben.

»Nun, dann will ich es Ihnen verraten«, sagte Krautwurst mit leichtem Bedauern. »Spargelsalat mit Schnittlauch, dazu ein Silvaner. Feine Kombination. Ich tippe auf einen Franken, vielleicht, ja sehr wahrscheinlich aus Iphofen. Keuper und Gips, sehr mineralisch.«

16

Karl-Dieter saß am Küchentisch, als Mütze eintraf, und bastelte an einem Bühnenbild für die nächste Premiere. Kleists *Zerbrochener Krug* stand als letzte Produktion vor der Sommerpause an. Karl-Dieters Idee war es, den Dorfrichter Adam an eine überdimensionierte Töpferscheibe zu setzen, um ihn herum an den Wänden des Gerichtssaals lauter Regale mit Krügen, von denen einer nach dem anderen wie von Geisterhand herunterfiel, während der Richter in zunehmender Hektik töpferte, um die entstandenen Lücken zu füllen.

Die beiden Freunde wohnten seit ihrem Wegzug aus Dortmund in einer gemütlichen Dachgeschosswohnung in Kosbach, gleich bei den Karpfenweihern, wo die glücklichsten Erlanger zu Hause waren. Das hatte der ehemalige Oberbürgermeister Dr. Siegfried Balleis durch eine Volksbefragung herausgefunden.

»Und?«, fragte Karl-Dieter wie nebenbei, während er einen vollen Henkelkrug aus dem Kühlschrank holte und Mütze ein Glas Bier einschenkte.

»Mensch, Knuffi! Wo hast du den edlen Tropfen her?«

»Na, woher wohl?«

Bevor er vom Biergarten aufgebrochen war, hatte er sich einen Glaskrug mit frischem Storchenbier füllen lassen, aus nicht ganz uneigennützigen Motiven. Bei einem guten Bier vergaß Mütze manche beruflichen Grundsätze. Und tatsächlich tat der kleine Kniff auch heute Abend seine Wirkung. Mütze fing an zu plaudern und Karl-Dieter hörte aufmerksam zu. Selbst wäre er ein hundsmiserabler Kommissar, aber an Mützes Fällen nahm er lebhaft Anteil.

»Habt ihr schon einen Verdächtigen?«, fragte er, als er das Modell des Bühnenbildes um einen kunstvoll gedrechselten Richterstuhl ergänzte.

»Erstens haben wir noch keinen und zweitens würde ich den Teufel tun, dir davon zu erzählen.«

Karl-Dieter überhörte die kleine Spitze und schraubte den Pritt-Stift zu. »Was ist mit der Konkurrenz? Ich meine, der Schelling-Lehrstuhl ist äußerst begehrt.«

»Lieber Knuffi, lassen wir es für heute. Eine Frage kannst du mir vielleicht noch beantworten: Wie viele Lippenstifte, schätzt du, benutzt eine Frau durchschnittlich?«

Karl-Dieter blickte ihn erstaunt an. »Was spielt das für eine Rolle?«

»Keine. Nur so rein interessehalber.«

»Uff… ist natürlich Typsache. Durchschnittlich wahrscheinlich so an die drei bis vier, schätze ich. Das heißt, im Bad liegen wahrscheinlich einige mehr rum, tatsächlich aber werden die meisten Frauen nur wenige benutzen. Passend zur Kleidung und zum Anlass.«

Mütze nickte und hielt ihm auffordernd sein geleertes Glas hin.

In Kosmetik- und Modefragen war auf Karl-Dieter Verlass. Konnte also gut sein, dass das Pink von der Witwe des Toten stammte. Sie wird ihren Mann geküsst haben, kurz bevor er das Hotel verließ. Bei der nächsten Gelegenheit würde er sie danach fragen. Das Treffen mit Professor Gremlin im *Bayerischen Hof* ging dem Kommissar noch durch den Kopf. Ob alle Philosophen so verschroben waren? Mütze grinste in sich hinein. Big-Chip hatte sich in seiner unnachahmlich direkten Weise getraut, Gremlin die Frage zu stellen, wer vom Tod Nüssleins am meisten profitiere. Darauf war der stille Philosoph rot angelaufen und regelrecht explodiert. Profit! Wie man ein solches Wort nur in den Mund nehmen könne! Der Begriff sei völlig daneben, zumindest in der wissenschaftlichen Welt. Hier gehe es um Wahrheit und Erkenntnis, nicht um Profite. Und außerdem wisse man überhaupt nicht, wer der Favorit für die Nachfolge Arminius Donnerkiels auf dem Schelling-Lehrstuhl sei. Er jedenfalls, Gremlin, würde sich kein Urteil darüber erlauben. Mütze und Big-Chip hatten das so stehen lassen, sich aber Namen und Rufnummern der verbliebenen Kandidaten erbeten. Dass man weiter am Donnerstag als Tag des Auswahlverfahrens festhielt und es nicht verschieben wollte, verblüffte Mütze ein wenig.

»Mich nicht«, sagte Karl-Dieter und schenkte sich eine weitere Tasse Kamillentee ein. »Philosophen beschäftigen sich mit den ganz großen Fragen der Menschheit.

Ein Todesfall bringt das Getriebe der Welt nicht aus dem Rhythmus.«

»Mensch, Knuffi, an dir ist ja ein Denker verloren gegangen!«

Der Kommissar setzte gerade erneut sein Glas an, das Karl-Dieter wieder befüllt hatte, als sich sein Handy meldete.

»Ja?«

»Van der Vaart hier.«

»Guten Abend, Frau van der Vaart!«

Ein Weilchen blieb es still. Mütze hatte nicht den Eindruck, die Verbindung sei unterbrochen.

»Frau van der Vaart?«

Ein Räuspern erklang. »Ich weiß nicht, ob es wichtig ist. Aber Marcus' Doktorandin hält sich ebenfalls in Erlangen auf. Vielleicht weiß sie etwas, was für Sie wichtig sein könnte.«

»Unbedingt! Wie heißt die Dame?«

»Ariane. Ariane Schlehbusch.«

»Handynummer?«

»Hab ich keine.«

»Wo wohnt sie denn?«

»Das weiß ich leider auch nicht.«

»Okay! Danke, wir werden uns darum kümmern. Entschuldigen Sie, eine letzte Frage noch: Welche Farben haben die Lippenstifte, die Sie mit sich führen?«

»Was für eine absonderliche Frage!«

»Wir haben bei Ihrem Mann Spuren eines Lippenstiftes gefunden. Wir wollen nur auf Nummer sicher gehen.«

Am anderen Ende der Leitung blieb es stumm.

»Frau van der Vaart? Sind Sie noch dran?«

»Ich habe nur einen Lippenstift dabei, und der ist orangerot.«

Wer ein Warum hat, dem ist kein Wie zu schwer.

Friedrich Nietzsche

DIENSTAG

17

Maxi wollte nicht zum Botanischen Garten. Auf gar keinen Fall. Nicht heute. Wichtel aber zog mit aller Macht in die gewohnte Richtung, sodass sie schließlich nachgab. Der alten Dame fehlte es schlicht an der Kraft, sich zu widersetzen. Die ganze Nacht hatte Maxi kein Auge zugetan und sich unruhig im Bett hin und her gewälzt. Schließlich war sie aufgestanden, hatte sich aufs Sofa gesetzt und ein altes Fotoalbum hervorgezogen. Viele Aufnahmen besaß sie nicht von Marcus. Die wenigen, die sie hatte, waren ihr deshalb besonders ans Herz gewachsen.

Auf einem war ihr Schützling zusammen mit ihr vor einem Geländer zu sehen, hinter ihnen ein weites Landschaftspanorama. Es war ein schöner Frühlingstag gewesen, kurz nach seinem Einzug in ihre Wohnung. Sie hatte dem Nordlicht die Schönheit ihrer fränkischen Heimat zeigen wollen und war mit ihm aufs Walberla gestiegen, den eindrucksvollen Zeugenberg am Eingang des Wiesenttals. Schon die Kelten hatten hier gesiedelt. Anschließend hatte sie ihn zum *Sponsel* eingeladen, unten in Kirchehrenbach. Dort hatte Marcus das erste Schäufele seines Lebens gegessen und sie hatte ihm allerlei über die kulinarischen und die anderen Bräuche der Region erzählt. Auch davon, dass hier die Wurzeln der literarischen deutschen Romantik zu finden seien und dass man sich an Dreikönig »die Stärk antrinke«, indem man sich für jeden Monat des neuen Jahres ein Seidla genehmige.

Marcus hatte ihr interessiert zugehört. Er selbst war kein großer Redner gewesen und deshalb dankbar, jemanden zu haben, der die Unterhaltung im Fluss hielt. Nur selten sprach er von sich selbst. Nicht dass er misstrauisch gewesen wäre. Maxi war es so vorgekommen, als hielte er sich selbst für so klein und unbedeutend, dass ihm jedes Wort über sich überflüssig erschien. Sie besaß Takt und hatte nicht versucht, in ihn zu dringen. Mit jungen Menschen kannte sie sich als ehemalige Lehrerin gut aus. Man musste ihnen Zeit geben. Einmal warm geworden, tauten sie auf, und alles ergab sich von selbst.

Auf dem nächsten Foto stand sie neben Marcus vor der ehemaligen Schlossküche, wo Friedrich Nietzsche 1870 seine Ausbildung zum Sanitätssoldaten gemacht hatte, ein Passant hatte sie auf ihren Wunsch hin zusammen fotografiert. Sie erinnerte sich noch, wie Marcus den Kopf darüber geschüttelt hatte, dass keine Plakette auf dieses Nietzsche-Haus hinwies. Schließlich sei dieser Ort doch entscheidend für Nietzsches philosophische Entwicklung gewesen. Ein einziges Mal habe Nietzsche versucht, handelnd und nicht denkend in das Leben einzugreifen, wie fürchterlich sei die Sache schiefgegangen.

Ein weiteres Foto zeigte Marcus vor dem Portal des Bamberger Doms, einen Fuß auf der Treppenstufe, die Hand an einer Säule, die nächste Aufnahme, wie er einen kleinen, kaum erkennbaren Marienkäfer auf der offenen Hand hielt. Dieses Foto liebte Maxi besonders. Auf dem Gesicht des sonst so ernsten jungen Mannes lag der Anflug eines Lächelns und seine Augen waren von jenem sanft melancholischen und zugleich so warmherzigen Glanz, der sie schmerzlich anrührte. Marcus war weit mehr als ihr Untermieter gewesen, er war ihr lieb und teuer geworden, ein Junge, um den man sich kümmern musste. Umso schlimmer war nun der Schmerz, den sie über seinen gewaltsamen Tod empfand. Dass ausgerechnet sie es gewesen war, die ihn gefunden hatte, was für ein grausamer Zufall. Oder ist es gar kein Zufall gewesen? So wenig sie zu esoterischen Ideen neigte, so sicher war sie sich, dass das geheime Band, das sie mit ihrem Buben verband, selbst durch den Tod nicht zerrissen werden konnte. Dieser Gedanke hatte allen Umständen zum Trotz etwas Tröstliches. Dass ihr Junge über Jahre nichts von sich hatte hören lassen, nahm sie ihm nicht übel. Was hatte sie erwartet? Dass ein Student, den sie eine Weile bei sich hatte wohnen lassen, ihr jede Woche einen Blumenstrauß schicken würde?

Stets hatte sie seine Entwicklung aufmerksam verfolgt, zumindest seine wissenschaftliche. Die Universitätsbibliothek Erlangen stand allen Bürgern offen. Oft hatte sie sich an einen der Computer gesetzt und nach Artikeln von Marcus gesucht. Nicht alle seiner Gedankengänge hatte sie verstanden, das philosophische Fachvokabular war ihr fremd. Viele Arbeiten hatten sich mit Friedrich Nietzsche beschäftigt, hatten den Einfluss der Musik auf sein Werk untersucht, speziell die Rolle der hoch ambivalenten Liebe zu Richard Wagner. Besonders gefallen hatte Maxi ein Aufsatz über Schopenhauers Hund und dessen Einfluss auf die Willensphilosophie. Manchmal waren Marcus' Aufsätze nur in spezialisierten Fachzeitungen erschienen, die in Erlangen nicht verfügbar waren, die netten Mitarbeiter an der Ausleihe hatten ihr für ein paar Euro Kopien besorgt. Mit welchem Stolz hatte es sie erfüllt, wenn sie eine neue Veröffentlichung in der Hand gehalten hatte, beinahe so, als wäre Marcus der Sohn gewesen, den sie sich immer gewünscht hatte.

Ein einziges Mal hatte sie das Glück der Mutterschaft gefühlt, ewig her. Die drei Tage, die seligsten ihres Lebens, würde sie für immer im Herzen tragen. Was am vierten Tag geschehen war, dafür fand sie bis heute keine Worte.

Der Eingang zum Botanischen Garten war erreicht. Obwohl es bereits kurz nach acht war, ließ sich das Tor nicht öffnen. Ihr fiel das handgeschriebene Schild auf, das neben der Pforte hing: »Heute geschlossen.« Als sie verwundert durch die Gitterstäbe schaute, stachen ihr Männer in weißen Ganzkörperanzügen ins Auge, die die Beete absuchten. Die Spurensicherung, schoss es ihr durch den Kopf. Natürlich! Hoffentlich fanden sie etwas, das den Mörder überführte. Wer war zu so einer Schandtat fähig? Fiepend trippelte Wichtel vor dem Tor herum und wedelte mit dem Schwanz. Er konnte nicht begreifen, warum er nicht in den Garten durfte. Sie beugte sich zu ihm hinunter: »Komm, Kleiner, heute muss es der Schlossgarten tun.«

Kaum hatte sie das gesagt, da fuhr sie zusammen. Der schrecklichste aller Laute, da war er wieder. Ein Schrei, gefolgt von einem lang gezogenen Wimmern. Wann endlich hörte das auf? Abrupt drehte sie sich um und zog Wichtel mit sich.

18

Im selben Moment, als Maxi ihren Wichtel zurück Richtung Schlossgarten zerrte, betrat Mütze den Botanischen Garten vom Theaterplatz aus. Er war in aller Früh bei Professor Krautwurst gewesen und hatte ihn gefragt, ob man Genaueres zu dem Lippenstift herausfinden könne. Ihn würde speziell die Kosmetikfirma interessieren, die dieses Pink im Programm habe. Es gebe Hinweise darauf, dass der Lippenstift nicht von der Ehefrau des Toten stamme. Der Professor hatte vielsagend gelächelt und »Kein Problem!« gesagt.

Mütze schritt an der Virologie vorbei zu den Büroräumen des Botanischen Gartens. Siegfried, der Gärtner, empfing ihn und bat ihn hinein.

»Agnieszka wartet schon auf Sie!«

Agnieszka Grabowski war eine Frau Anfang siebzig mit Dutt und klugen Augen. Sie berichtete, am Sonntag etwa 30 Besucher in die Neischl-Grotte gelassen zu haben.

Mütze zeigte ihr ein Foto von Marcus Nüsslein.

»Nein. Den Mann kenne ich nicht. Ist das der Tote?«

Mütze nickte. »Frau Grabowski, hat Sie jemand beobachtet, als Sie den Schlüssel zurückgelegt haben?«

Die Höhlenführerin sah Mütze erstaunt an und schüttelte den Kopf. »Ist der Schlüssel weg?«

Statt zu antworten, legte Mütze ihr die heutige Ausgabe der *Erlanger Nachrichten* vor. Auf der Kulturseite waren die Fotos der Bewerber für den Schelling-Lehrstuhl zu sehen, versehen mit Kurzbiografien und dem Hinweis, dass am Donnerstag in der Aula des Schlosses die Probevorträge gehalten würden, trotz des Todesfalls.

Wieder schüttelte Agnieszka Grabowski den Kopf. Keiner der Männer kam ihr bekannt vor.

»Ist Ihnen am Sonntag sonst jemand aufgefallen? Jemand, der sich in der Nähe der Höhle aufgehalten hat?«, bohrte Mütze nach.

»Nein, niemand, Herr Kommissar, ganz sicher nicht.«

19

»Ich geb's auf, ich krieg das nie hin!«, rief Lorenzo Sebaldus verärgert und donnerte einen Klumpen Ton gegen die Wand.

»Das wird schon«, sagte Karl-Dieter und versuchte, zuversichtlich zu klingen.

Nur einen Steinwurf vom Botanischen Garten entfernt befand sich die Theaterwerkstatt. Auf einem runden Holzstuhl hockte der Hauptdarsteller des *Zerbrochenen Kruges* und starrte wütend auf die Töpferscheibe, auf der ein undefinierbarer Brei herumeierte.

»Reicht die Würstchentechnik denn nicht?«, rief er aus.

»Es ist gar nicht so schwer«, sagte Karl-Dieter. »Lass mich mal ran.«

Sie wechselten die Plätze. Karl-Dieter kratzte die Tonreste von der Scheibe und setzte sie mittels eines Fußpedals wieder in Schwung. Dann klatschte er den Tonklumpen in die Mitte und zog ihn zwischen Daumen und Zeigefinger routiniert in die Höhe, sodass ein Zylinder mit gleichmäßig dünner Wandstärke entstand. Geschickt verschmälerte er ihn nun im oberen

Teil, und man begann, die Form des entstehenden Kruges zu erahnen. »Okay?«, sagte Karl-Dieter mit zufriedenem Gesicht, ohne die Augen von der Töpferscheibe zu lassen.

Ein mürrisches Brummen ertönte. Lorenzo Sebaldus, ein Urgestein des Erlanger Ensembles, war wenig überzeugt, die Technik jemals zu beherrschen. Warum auch? Verdammt, er war Schauspieler und kein Töpfer! Nachdem sie erneut die Plätze getauscht hatten, mühte er sich unwillig damit ab, Karl-Dieters Vorgehen zu imitieren und so etwas wie einen Krug entstehen zu lassen. Schnell geriet das Gebilde aus der Mitte und Teile des Tons schleuderten durch den Raum, sodass Karl-Dieter in Deckung gehen musste.

Ächzend richtete er sich wieder auf. Ob sie nicht doch auf die Würstchentechnik umsteigen sollten? Wie sah das aus, wenn der Dorfrichter auf der Bühne des Markgrafentheaters kleine Würstchen rollte und wie ein Schulkind Ring für Ring aufeinandersetzte? Nein, ohne Töpferscheibe ging es nicht. Es lag viel Arbeit vor ihnen.

Obwohl Karl-Dieter sich wirklich Mühe gab, war er dennoch nicht ganz bei der Sache. Der Mord in der Neischl-Grotte ging ihm nicht aus dem Kopf. Was nur hatte Platons Höhlengleichnis mit dem Toten zu tun? Warum hatte Mütze danach gefragt? Im Geiste sah Karl-Dieter Platons Schattenwelt vor sich auftauchen, die armen Seelen, die gefesselt auf die Höhlenwand starrten und sich ihre Welt zurechtreimten. Natürlich hatte Platon nicht ganz unrecht, natürlich konnte man in dieser Szene eine Allegorie auf die menschliche Existenz sehen.

Dennoch sträubte sich etwas in Karl-Dieter, Platons Gedanken zu akzeptieren. War der Mensch nicht frei geboren? War er nicht in der Lage, sein Schicksal selbst zu bestimmen? Das von Platon beschriebene Höhlengleichnis hatte etwas Unheimliches, ja Bedrohliches. Andererseits, aus der Sicht eines Theatermannes war die Szenerie es durchaus wert, sich mit ihr zu beschäftigen. Ein Stück, das genauso begann, als Schattenspiel mit Schauspielern, die den projizierten Schatten einen Sinn zu entnehmen versuchten, das hatte etwas, zumindest für ein Kammerspiel. Karl-Dieter beschloss zu recherchieren, ob schon jemand diese Thematik erprobt hatte. Was, wenn man es mit einem Mordfall in Verbindung brachte? Wenn eine Leiche in Platons Höhle lag und es um die Frage ging, was geschehen war? Vielleicht könnte man hierdurch einen spannenden Gegensatz erzeugen. Die Welt der Ideen und die sinnliche Welt – welcher war der Vorzug zu geben?

Wieder nahm er den Platz an der Töpferscheibe ein, wieder zog er einen Krug in die Höhe. Anschließend glättete er den Rand und entfernte mit einem Schwamm das überflüssige Wasser aus dem Inneren. Am Ende hielt er den feuchten Krug stolz vor sich und sah Sebaldus an, als wollte er sagen: Na also! Was war daran so schwer?

20

»Nee, sag, dass das nicht wahr ist!« Mit gerümpfter Nase sah Mütze Big-Chip an.

Der geschätzte Kollege wirkte nicht, als wollte er spaßen.

»Okay«, sagte Mütze. »Bringen wir es hinter uns.«

Das Zimmer des Chefs, den alle nur *den Alten* nannten, lag am Ende des Flurs im oberen Stockwerk des Bunkers. Als Mütze und Big-Chip eintraten, telefonierte der Leiter der Erlanger Polizeidirektion und bedeutete ihnen mit einem Handzeichen, sich zu setzen. Achselzuckend kamen die Kommissare dem Wunsch nach. Hoffentlich hielt der Alte nicht eines seiner Grundsatzreferate. Sie waren in Eile, denn sie hatten auf 9 Uhr die Kandidaten für den Schelling-Lehrstuhl auf die Wache geladen. Es war bereits 8.45 Uhr.

Der Schreibtisch des Alten hätte dem Bundespräsidenten zur Ehre gereicht. Ein riesiges Monstrum aus Eichenholz, dessen Tischfläche aufgeräumt war wie bei einem Musterschüler. Die Stifte lagen im exakt gleichen Abstand zueinander, im rechten Winkel dazu das Stempelkissen und ein Lineal. Nur das Geodreieck fehlt, feixte Mütze im Stillen und konnte sich nur mühsam ein Grinsen verkneifen.

Endlich beendete der Alte das Telefonat und blickte die Kommissare mit finsterem Gesicht an. »Ein Mord, ausgerechnet in dieser Woche! Euch ist klar, was das bedeutet?«

Mütze und Big-Chip sahen ihn ziemlich entgeistert an. Ob ihnen das klar war? Natürlich war ihnen das klar! Ab Donnerstag war der Teufel los in dem sonst so beschaulichen Erlangen. Am Donnerstagnachmittag wurde das erste Bierfass angestochen, zuvor schon würde der Alkohol in Strömen fließen. Die jungen Leute wollten nicht auf das offizielle Bergbier warten und glühten kräftig vor. Voll beladene Bollerwagen hinter sich herziehend, trafen sie sich auf den diversen Grünflächen der Stadt, im Regnitzgrund, im Schlossgarten und am Bürgermeistersteg. Sie veranstalteten mehr oder weniger lustige Trinkspiele, um sich in Stimmung zu bringen und das Budget für den Berg zu schonen. Alle Polizisten waren im Einsatz, es herrschte Urlaubssperre und selbst aus Fürth und Nürnberg wurde Verstärkung angefordert.

»Dieser Mordfall kommt absolut unpassend!«, rief der Alte ungewohnt dramatisch.

Verstohlen blickten sich die Kommissare an. Mütze lag es auf der Zunge zu fragen, wann bitte schön ein Mordfall passend käme, verkniff sich die Bemerkung allerdings, denn der Alte war so humorlos wie ein Karpfen nach der Brunftzeit.

»Haben wir bereits eine heiße Spur?«, wollte der Alte wissen.

»Wie man's nimmt. Was wir wissen: Nüsslein hat eine fremde Frau geküsst, sagt Krautwurst. Möglicherweise seine Doktorandin Ariane Schlehbusch, aber die Dame haben wir bislang nicht ausfindig machen können. Wir haben Lippenstift asserviert, der nicht von Nüssleins Ehefrau stammt. Die Gute gibt sich völlig überrascht.«

Der Alte sah sie groß an. »Ein Mord aus Leidenschaft?«

»Nicht auszuschließen, wir ermitteln in alle Richtungen.«

»Was ist mit dem Handy des Toten?«

»Das Handy ist mit einer speziellen PIN gesichert«, sagte Big-Chip. »Die Telefongesellschaft hat uns ihre Mitarbeit zugesichert und wird uns umgehend informieren.«

»Aber dalli, dalli, bitte schön! Ich wäre euch wirklich dankbar, wenn ihr den Fall schnell lösen könntet und dabei nicht zu viele Kollegen abzieht.«

Natürlich! Wasch mich, aber mach mir den Pelz nicht nass. Der Alte erwartete die Quadratur des Kreises! Wehe, sie ließen die Handschellen nicht klicken, bevor der Oberbürgermeister zum Hammer griff, um das erste Fass anzuschlagen. Dann wäre Schluss mit lustig.

»War's das?«, fragte Mütze mit Blick auf die Uhr.

»Das war's für den Moment! Ich erwarte jeden Tag einen Bericht über den Ermittlungsstand.«

»Selbstverständlich«, knurrte Mütze, der nichts mehr hasste als Papierarbeit.

21

Die Dienstagsausgabe der *Erlanger Nachrichten*, aufgeschlagen der Lokalteil. Wieder fiel ein Tropfen auf die Seite nieder, bildete einen weiteren feuchten Fleck, der schnell größer wurde und das Papier dunkel färbte. Dieses Mal benetzte Maxis Träne das Gesicht des Backenbartträgers, der den Namen Schmidt-Feuchtwangen trug. Zuvor hatte es Dietmar Urig erwischt, um ein Haar auch Privatdozent Ludwig Nelkenstiel, der unsympathischste unter den Bewerbern nach Maxis Meinung. War ein solch ungepflegter Mann würdig, den Schelling-Lehrstuhl zu übernehmen? Wenn er schon auf dem Zeitungsfoto so zerzaust daherkam, wie musste er erst in Wirklichkeit aussehen? Nur flüchtig streifte ihr Blick die Bilder der drei Kandidaten. Was sie bewegte, was ihr die Tränen in die Augen trieb, war das Foto daneben, das Foto von Marcus. Das Anrührendste daran war, dass es sich um eine so vertraute Aufnahme handelte. Genauso hatte sie Marcus in Erinnerung, als er neben ihr auf dem Sofa gesessen hatte, so verloren, so schüchtern, so hilfsbedürftig. Seine klugen Augen und die hohe Stirn hatten schon damals sein Potential verraten. Wenn jemand ein Denker war, dann Marcus.

Maxi griff in den Bücherschrank neben sich und zog einen Ordner hervor. In ihm hatte sie alles gesammelt, was sie zu Marcus gefunden hatte, alle seine Aufsätze, Zeitungskolumnen und die Besprechungen seiner Bücher. Maxi fing an zu blättern. Nietzsche, immer wieder Nietzsche. Sehr erhellend war ihr ein Aufsatz erschienen, der sich den *Zarathustra* zum Thema genommen hatte. Marcus war es auf verständliche Weise gelungen, die Einflüsse von Nietzsches früh verstorbenem Vater auf die späteren Arbeiten des Philosophen aufzudecken. Vater Nietzsche war lutherischer Pastor in einem kleinen sächsischen Kaff nahe Naumburg gewesen. Friedrich war erst fünf Jahre alt, mitten in der ödipalen Phase, als der Vater an den Folgen eines Treppensturzes starb. Der heimlich fantasierte Tod des Vaters, an dem er sich von nun an mitschuldig fühlte, hatte eine prägende Wirkung auf den Sohn ausgeübt. Für den fehlenden Vater musste nun niemand Geringerer als Gott selbst als überväterliches Gegenüber herhalten. In dem Ausruf »Gott ist tot!« sah Marcus den Ausdruck einer Übertragung, einer Befreiung, denn Nietzsches Mutter hatte sich nach dem Tod ihres Mannes so sehr in den christlichen Glauben gestürzt, dass im Kopf ihres Sohnes das Bild Gottes und das des Vaters zu einem verschmolzen waren. Am Vorabend seines geistigen Zusammenbruchs waren die Ideen und Gefühle Friedrich Nietzsches aus der Jugendzeit noch einmal aufgeleuchtet, so wie sich der dunkle Himmel vor einem gewaltigen Gewitter ein letztes Mal erhellte. In einem wahren Schaffensrausch hatte er in nur wenigen Wochen im Hochgebirge des Engadins seinen *Zarathustra* geschaffen, kein philosophisches Werk, sondern eine Art neues Evangelium, prophetische Sprüche, gerichtet an eine auserwählte Jüngerschaft, mit dem Aufruf zur Nachfolge. »Das Evangelium nach Nietzsche«, hatte Marcus seinen Artikel mit leichtem Spott überschrieben und den *Zarathustra* im Lichte von Nietzsches Lebenserfahrungen mit feinem Besteck seziert.

Maxi blätterte weiter. Eine philosophische Fachzeitschrift zeigte ihren Liebling als Herausgeber, gleich auf der ersten Seite ein schwarz-weißes Porträtfoto von ihm, darunter einleitende, sehr kluge und wohlgesetzte Worte. Mehr als alles andere verdeutlichte dieses Foto Marcus' Entwicklung zum reifen Wissenschaftler, fand Maxi. Auf ihm war ein selbstbewusster Mann zu sehen, dessen Augen eine neue, nie gekannte Schärfe innewohnte, nicht stechend-unangenehm, sondern analytisch, tiefsinnig, den Dingen auf den Grund gehend. Maxis tränenverhangener Blick wanderte zwischen den beiden Fotos hin und her, dem in der Tageszeitung und dem aus der Fachzeitschrift. Das Zeitungsfoto war ihr deutlich lieber, und dennoch war ihr klar, dass die Entwicklung notwendig gewesen war, dass sich Marcus hatte entwickeln müssen. Sie war stolz auf ihn und ein bisschen auf sich selbst, denn ohne ihr Zutun hätte er vielleicht keine Karriere gemacht. »Professor Marcus Nüsslein«, stand unter dem Zeitungfoto, »unter tragischen Umständen ums Leben gekommener Kandidat für den Schelling-Lehrstuhl.«

Maxi legte die Zeitung beiseite. Tragische Umstände? Verstand man unter Tragik nicht ein Wirken der Mächte des Schicksals, ein unausweichliches Geschehen? Veredelte man das Verbrechen nicht sprachlich, indem man von Tragik sprach? Für Maxi blieb es, was es war: nichts als ein feiger Mord.

22

Als die Kommissare zu ihrem Büro zurückkehrten, warteten auf den Stühlen im Flur die Herren Philosophen, die drei verbliebenen Kandidaten für den Schelling-Lehrstuhl.

»Na, dann wollen wir mal unser privates Vorsingen starten«, flüsterte Mütze Big-Chip zu. Lauter und an die Männer gewandt fragte er: »Wer mag als Erster?«

Überrascht sahen sich die Professoren an. Ein jeder schien dem anderen den Vortritt lassen zu wollen. Schließlich sprang Ludwig Nelkenstiel in fast militärischer Weise auf und sagte in schneidigem Ton: »Nun denn, bringen wir es hinter uns!«

Nelkenstiel hatte gerade vor ihrem Tisch Platz genommen, als Mützes Handy losträllerte. Mit unwilligem Gesicht ging der Kommissar dran. Es war Susi, ihre Sekretärin. In der Leitung sei jemand von der Rechtsmedizin, der Mütze dringend zu sprechen verlange.

»Okay«, sagte Mütze und lächelte milde. Erstens, weil er neugierig war, was Krautwurst Neues herausgefunden hatte, und zweitens, weil er Susi keinen Wunsch abschlagen konnte, dafür hatte sie einfach zu schöne

Beine. Es war aber nicht Krautwurst, der ihn sprechen wollte, sondern Morgenroth, Krautwursts Assistent. Die Frau des getöteten Nüsslein sei bei ihm. Sie wolle ihren Mann noch einmal sehen. Der Professor sei in der Vorlesung, ob Mütze einverstanden sei mit diesem Wunsch.

Mütze schaute etwas verdutzt. Es kam nicht oft vor, dass jemand einen verstorbenen Angehörigen ein zweites Mal sehen wollte. Warum sollte er etwas dagegen haben? »Keine Einwände«, rief er und beendete den Anruf. Zeit, mit der Vernehmung zu beginnen. »Herr Nelkenstiel, wie war Ihr Verhältnis zu Ihrem Kollegen Nüsslein?«

Bevor er antwortete, öffnete Nelkenstiel seinen Mund wie ein Karpfen, der nach Luft schnappte, sodass sein schadhaftes Gebiss sichtbar wurde. Anschließend verzog er die schwarzen Augen zu Schlitzen und sagte: »Nicht schlecht genug, um ihn umzubringen.«

Die Kommissare warfen sich einen schnellen Blick zu. Die Befragung von Philosophen stellte sie vor neue Herausforderungen.

»Wann haben Sie Nüsslein zum letzten Mal gesehen?«

»Heute Nacht.«

»Wie ist das möglich? Waren Sie im Leichenkeller?«

»Schlimmer noch, Herr Kommissar. Er schlich durch meine Träume, der liebe Herr Kollege, zog eine Tigerente hinter sich her, immer rings um ein Nietzsche-Denkmal herum. Was hat das wohl zu bedeuten, meine Herren?«

»Lieber Herr Nelkenstiel, Ihre Träume in allen Ehren, aber wir dürfen dringend darum bitten, zur Sache zu kommen. Wann sahen Sie Nüsslein zum letzten Mal außerhalb Ihrer Träume?«

»Im Zug.«

»Wann war das?«

»Auf der Fahrt nach Erlangen. Er stieg in Frankfurt zu, in meinen Intercity. Er hat getan, als würde er mich nicht erkennen, und ist achtlos an mir vorübergegangen.«

»Warum hat er Sie nicht begrüßt?«

»Fragen Sie ihn.«

»Herr Nelkenstiel«, sagte Mütze, ohne auf die Spitze zu reagieren, »wo waren Sie am Sonntagabend in der Zeit ab neun?«

»Das wollen Sie nicht wissen.«

»Doch! Stellen Sie sich vor, genau das wollen wir wissen!« Es passierte nicht oft, dass Mütze der Geduldsfaden riss, aber der Professor zog gewaltig daran.

»Ich saß auf dem Pott.«

»Wie bitte?«

»Ist Ihnen der Begriff Toilette lieber?«

»Sie wollen uns nicht weismachen, dass Sie den ganzen Sonntagabend auf dem Klo verbracht haben.«

»Ich will Ihnen gar nichts weismachen. Es ist, wie es ist. Oder wie sagte Hegel so schön? Das Beste in der Welt ist das, was der Gedanke hervorgebracht hat. Und nicht der menschliche Darm.«

Sie schickten Nelkenstiel nach draußen, ließen ihn aber erneut auf dem Flur Platz nehmen. Vielleicht würde sich nach der Befragung seiner Kollegen die Notwendigkeit einer Nachfrage ergeben. Als Nächstes baten sie Dietmar Urig herein. Der Schwabe war ein gänzlich anderer Charakter: freundlich, sympathisch, umgänglich. Er versicherte den Kommissaren, wie nahe ihm der Tod seines Kollegen gehe und dass er alles tun wolle, was in seiner Macht stehe, »bei der Aufklärung des Mordes zu helfe.« Auf schwäbische Art kürzte er das Verb um das finale »n«, auch wenn er sich ersichtlich darum bemühte, Hochdeutsch zu sprechen. Trotz seiner hilfsbereiten Art wusste er nichts zu berichten, was die Kommissare weitergebracht hätte. Getroffen habe er Marcus Nüsslein zuletzt bei einer philosophischen Fachtagung im vergangenen November in Berlin. Sie hätten ein paar Worte miteinander gewechselt, als sie zum Abendessen durch den Tiergarten spaziert seien. »Nichts von Belang, aber isch mir in Erinnerung bliebe.« Verfolgt oder bedroht habe Nüsslein jedenfalls nicht gewirkt. Als die Kommissare Urig nach seinem Alibi für Sonntagabend fragten, blieb der Professor höflich. Die Nacht habe er auf seinem Zimmer im Hotel Luise verbracht, gab er nach kurzem Nachdenken mit Griff an seine Hornbrille zu Protokoll, allein natürlich, seine Partnerin würde ihn nie bei beruflich motivierten Fahrten begleiten: »Ha, was soll i saga? Des isch bei uns so.«

Nun war der Dritte an der Reihe, Thaddäus Schmidt-Feuchtwangen. Sein eindrucksvoller Backenbart war an den Kanten frisch ausrasiert und selbst im Anzug konnte man seine athletische Figur erahnen. Wenn Karl-Dieter wenigstens einmal in der Woche ein Fitnessstudio aufsuchen würde, dachte Mütze mit einem stillen

Seufzer. Schmidt-Feuchtwangen war deutlich knapper angebunden als Urig, aber ebenfalls sichtlich bemüht, den Kommissaren zu helfen. Sein Verhältnis zu Marcus Nüsslein beschrieb er als freundschaftlich-kollegial. Ihre Wege hätten sich für kurze Zeit an der Universität Marburg gekreuzt, wo sie beide als wissenschaftliche Hilfskräfte beschäftigt gewesen seien.

»Während Marcus in Marburg geblieben ist, bin ich nach Göttingen.«

»Wann haben Sie Nüsslein zuletzt getroffen?«

»Muss bei einer Sichtung von Stipendiaten für die Studienstiftung des deutschen Volkes gewesen sein, in St. Englmar, einem Kaff im Bayerischen Wald.«

»Und wo sind Sie Sonntagabend ab neun gewesen?«

»Sonntag? Ist eine schöne Sommernacht gewesen. Hab noch einen Spaziergang auf die Höhe hinaus gemacht, zum Platenhäuschen. Sie wissen schon, der Ort, an dem Platen in den Sommerferien seine Sonette und Ghaselen gedichtet hat.«

Mütze hatte keine Ahnung, wer Platen war und was Ghaselen sein sollten, es interessierte ihn auch nicht.

»Hat Sie jemand begleitet? Haben Sie vielleicht einen Bekannten getroffen?«

»Leider nein. Oder besser: Nein, zum Glück nicht! So konnte ich meinen Gedanken nachhängen, was beim Spazierengehen besonders gut gelingt. Wie sagte Nietzsche? Noch nie ist ein vernünftiger Gedanke im Sitzen entstanden.«

In diesem Moment meldete sich erneut Mützes Handy. Wieder war es Susi. Ein Zeuge behaupte, etwas

Wichtiges beobachtet zu haben. Das, was Susi hinzufügte, elektrisierte Mütze sichtlich.

»Der Mann ist persönlich gekommen, um uns das zu erzählen? Er steht vor dir? Nein, nicht wegschicken, Susi! Ich bin sofort da!«

23

Unbewegt saßen die drei Philosophen auf ihren Stühlen wie von Mütze befohlen. Ihren Blick hielten sie auf den Feuerlöscher gerichtet, der an der gegenüberliegenden Wand zwischen zwei Türen hing.

»Geht ganz schnell, meine Herren«, hatte Mütze ihnen gesagt. Ein Zeuge habe sich gemeldet, der eine Beobachtung gemacht habe, die man überprüfen müsse. »Da sind wir auf Ihre Mithilfe angewiesen.«

Die Gesichter der Männer waren angespannt. Am finstersten blickte Nelkenstiel aus der Wäsche, was daran liegen konnte, dass er auf Mützes Wunsch hatte aufrücken müssen, sodass die drei Philosophen dicht an dicht saßen, ohne eine Lücke zu bilden. Etwas, das Nelkenstiel äußerst zuwider war. Die Philosophie hatte Nelkenstiel nämlich deshalb zum Beruf gemacht, weil sie seinem Naturell am besten entsprach. Er empfand sich als Solitär, als unverwechselbares Individuum, das zwar einsam, aber stolz durch das vermaledeite Leben schritt. Sich zu vervielfachen und zu dritt nebeneinanderzuhocken widersprach diesem Selbstverständnis entschieden. So versuchte er, mit seinem Gesichtsausdruck gegen diese Behandlung zu protestieren und sich von seinen Sitznachbarn abzugrenzen.

Big-Chip lehnte mit dem Rücken etwas entfernt an der Wand, nah genug, um die Gesichter der Philosophen im Blick zu haben. Die Minuten verrannen, dann hörte man Schritte vom Treppenhaus her. Kurz darauf bog Mütze ums Eck, an der Seite einen rüstigen älteren Herrn in Funktionskleidung und mit altmodischen Hosenklammern, die ihn als Fahrradfahrer auswiesen.

Mütze flüsterte seinem Begleiter rasch ein paar Worte zu, ehe der Radfahrer mit energischem Schritt den Gang entlang auf die drei wartenden Philosophen zuging. An den Stühlen angekommen, blieb er kurz stehen, musterte die Sitzenden, nickte und ließ seinen Zeigefinger nach vorne schnellen: »Das ist er!«

Schmidt-Feuchtwangen erblasste.

24

»Warum haben Sie uns nichts davon erzählt?«, fragte Mütze mit scharfer Stimme.

Es hielt ihn nicht mehr auf dem Stuhl. Er lief vor Schmidt-Feuchtwangen hin und her und ließ ihn nicht aus den Augen.

Der Philosoph sah ihn mit verzweifeltem Blick an und rief: »Das war doch nur eine kurze Begegnung, ich habe sie gleich wieder vergessen. Ein zufälliges Treffen ohne jegliche Relevanz.«

»Wollen Sie uns für dumm verkaufen?« Mütze war ordentlich geladen. »Sie wollen uns erzählen, dass Sie das vergessen haben? Das letzte Gespräch, das Sie mit Nüsslein geführt haben? Kurz vor seinem Tod? Das glaubt Ihnen vielleicht Ihre Oma! Raus mit der Sprache: Über was haben Sie sich mit Nüsslein unterhalten? Es hat einen Streit gegeben, sagt der Zeuge.«

Den Radfahrer hatte ihnen der liebe Gott geschickt. Beim Studium der *Erlanger Nachrichten* hatte er sich erinnert, zwei der Kandidaten am Sonntag gesehen zu haben, unten am Schwabachufer, beim Fahrradweg. Der eine, den man kurz darauf tot aufgefunden hatte, habe Joggingkleidung getragen, der andere, der mit dem auffälligen Backenbart, einen Anzug. Die beiden hätten sich gestritten, auf ziemlich unangenehme Weise. Worum es gegangen sei, habe er beim Vorbeiradeln nicht verstehen können, aber es sei laut zugegangen.

»Und Sie können sich an nichts mehr erinnern?«, knurrte Big-Chip.

»Das ist doch kein Streit gewesen, das war ein Disput unter Fachkollegen. Marcus' letzte wissenschaftliche Arbeit hatte meinen Widerspruch erregt, darüber sind wir ins Gespräch gekommen.«

»In ein ziemlich heftiges Gespräch!«

»Ich habe Marcus wirklich geschätzt, das müssen Sie mir glauben. Aber dieses Mal ist er zu weit gegangen.«

»Womit?«

»Mit seiner These, Richard Wagner sei schuld an Nietzsches Zusammenbruch.«

»Wieso das?«

»Ach, Philosophenlatein!« Schmidt-Feuchtwangen wand sich auf seinem Stuhl hin und her. »Marcus hat behauptet, die ursprüngliche Freundschaft, ja Bewunderung sei in plötzliche Feindschaft umgeschlagen, weil Nietzsches Arzt seine Schweigepflicht gebrochen und Richard Wagner pikante Details zur möglichen Ursache von Nietzsches Krankheit mitgeteilt habe.«

Big-Chip wollte nachfragen, Mütze winkte jedoch ab. Was sollten sie mit solchem Fachchinesisch? Das führte nicht weiter.

»Wenn es so war, wenn es nur ein philosophischer Diskurs gewesen ist, warum haben Sie uns nichts davon erzählt?«

Schmidt-Feuchtwangen strich sich mit dramatischer Geste über den gepflegten Bart. »Ich hatte es schlicht vergessen, bitte glauben Sie mir!«

»Wir glauben Ihnen nichts mehr, Herr Schmidt-Feuchtwangen, gar nichts. Halten Sie sich weiter zu unserer Verfügung!«

25

Claudia van der Vaart saß neben einem hoch aufgeschossenen Weißschopf auf einer der grün lackierten Parkbänke am Rückertbrunnen. Ihr Begleiter hatte seinen Arm um ihre Schultern gelegt und sprach leise auf sie ein, während sie mit unbewegtem Gesicht auf den Boden starrte. Den Rückertbrunnen hatte die Universität 1904 zu Ehren des großen Dichters und Sprachgelehrten Friedrich Rückert aufstellen lassen, in die Rückwand des Brunnens waren Zeilen aus der *Weisheit des Brahmanen* eingemeißelt. Man konnte das Gedicht nur schwer entziffern:

Je mehr die Liebe gibt,
je mehr empfängt sie wieder;
Darum versiegen nie
des echten Dichters Lieder.
Wie sich der Erdschoß nie erschöpft
an Lust und Glück,
Denn alles, was er gibt,
fließt auch in ihn zurück

Der Brunnen wurde weniger von Literaturfreunden aufgesucht als von Freunden des gekühlten Bieres. Etliche Freilufttrinker ließen ihre Flaschen im Brunnenbecken schwimmen, bevor sie den Gerstensaft zischen ließen. Heute war das Becken leer, als Mütze den Brunnen erreichte. Claudia van der Vaart sah auf, lächelte mechanisch und stellte ihren Begleiter vor.

»Ansgar Marquart, ein Freund und Kollege aus Marburg. Er hat sich sogleich in den Zug gesetzt, als er hörte, was mit Marcus passiert ist.«

Mütze nickte. »Verstehe. Gut, dass Sie jemanden haben, der sich um Sie kümmert. Kann ich Sie einen Moment allein sprechen?«

»Natürlich!«, sagte Claudia van der Vaart.

»Ich wollte ohnehin noch ins Hotel«, brummte der Weißkopf an die Witwe gerichtet. »Sehen wir uns zum Mittagessen?«

»Sehr gerne!« Claudia van der Vaart warf ihm einen dankbaren Blick zu. »Um eins im *Schwarzen Bären*?«

Nachdem der Freund nach einem Nicken eilig davongeschritten war, setzte sich Mütze auf seinen Platz.

»Frau van der Vaart, am Sonntagnachmittag ist Ihr Mann eine Runde joggen gewesen, stimmt's?«

Claudia van der Vaart sah Mütze erstaunt an und strich sich eine Locke aus dem Gesicht. »Das stimmt! Woher wissen Sie das?«

»Hat er etwas erzählt, als er vom Joggen zurückkam?«

»Ich kann mich nicht erinnern, nein. Er ist gleich unter die Dusche. Danach hat er sich angezogen und ist los, um seinen Vortrag noch einmal zu memorieren.«

»Haben Sie ihm einen Abschiedskuss gegeben?«

»Nein«, sagte sie mit einer Spur Verwunderung in der Stimme.

»Sind Sie sicher?«

»Ganz sicher. Wir sind doch keine pubertierenden Kinder, die sich ständig küssen müssen.«

»Okay, wollte mich nur erneut vergewissern. Hat Ihr Mann vielleicht erwähnt, beim Joggen jemanden getroffen zu haben?«

»Nein, wer sollte das gewesen sein?«

»Professor Schmidt-Feuchtwangen.«

Die Witwe lachte kurz auf, wurde jedoch rasch wieder ernst. »Hat Thaddäus Ihnen das erzählt?«

»Eben nicht. Ein Zeuge hat sich gemeldet und berichtet, die beiden hätten sich gestritten.«

»Das kann schon sein«, räumte Claudia van der Vaart ein. »Sie mochten sich wie David Hume und Jean-Jacques Rousseau.«

»Sie scheinen Schmidt-Feuchtwangen gut zu kennen.«

»Wie man sich kennt, wenn man ein Jahr an derselben Uni arbeitet, im selben Institut. Lange her. Aber ich kann nicht sagen, dass wir unglücklich waren, als Thaddäus nach Göttingen gegangen ist.«

»Halten Sie es für möglich, dass Schmidt-Feuchtwangen Ihren Mann beiseiteschaffen wollte?«

»Nein, unmöglich, niemals«, lachte die Witwe. »Im Geiste schon, da ist Thaddäus sicher ein Massenmörder, aber niemals in der Realität. Er lässt seine aggressiven Impulse im Fitnessstudio raus.«

Mütze nickte, blieb jedoch skeptisch. Wer konnte schon in den Kopf eines anderen blicken? Für ihn war Schmidt-Feuchtwangen nach wie vor verdächtig. Es war Zeit, sich zu verabschieden. Mütze stand auf und die Witwe erhob sich ebenso.

»Ich will Sie nicht länger aufhalten«, sagte Mütze. »Ich hab gehört, Sie sind noch einmal bei Ihrem Mann gewesen.«

»Wie bitte?« Claudia van der Vaarts Augen verschmälerten sich.

»Heute Morgen, um kurz nach neun.«

»Nein! Wie kommen Sie darauf?«

»Sie waren nicht in der Rechtsmedizin? Ich bekam einen Anruf, dass Sie Ihren Mann noch einmal sehen wollten.«

»Was für ein Nonsens!«, rief die Witwe und sah Mütze böse an, ehe sie davoneilte.

26

Die Vorlesung war längst beendet, als Professor Krautwurst zurück zu seinem Institut spazierte. Sein Arbeitstag begann jetzt erst richtig. Sein Spezialgebiet war die exakte Bestimmung des Todeszeitpunkts aufgefundener Leichen. Hierzu hatte er nicht nur ein eigenes Lehrbuch geschrieben, er forschte sogar zu diesem Thema, obwohl er munter auf die Pensionsgrenze zuschritt. Ein Faktum, das er weitgehend verdrängte. Warum sollte man zu einem willkürlich gesetzten Termin in den Ruhestand geschickt werden? Allein das gefühlte Alter war doch von Bedeutung. Jedenfalls freute sich der Professor auch heute wieder darauf, das Larvenstadium der kleinen Fliegen zu bestimmen, die sich aus winzigen Eiern entwickelten, die ihre Muttertiere in der offenen Wunde eines jüngst Verstorbenen abgelegt hatten. Zum Glück gab es edelmütige Menschen, die ihren Körper zur Förderung der Wissenschaft testamentarisch zur Verfügung stellten. Die Frauenleiche hatte Krautwurst nicht im Institutskeller aufbewahren können, dort wäre es für die Fliegen zu kühl gewesen. Um möglichst naturnahe Bedingungen zu haben, hatte der Rechtsmediziner den

Körper unauffällig in den Garten seines Hauses in der Fichtestraße schaffen lassen, in die unter dem blühenden Flieder stehende Sauna, die er in den Sommermonaten nicht benutzte, nicht zum Schwitzen jedenfalls. Zuvor musste der Professor sein Büro im Institut aufsuchen, um wichtige Briefe zu unterzeichnen.

Der Zufall wollte es, dass er gleichzeitig mit Mütze in der Rechtsmedizin eintraf. Mütze freute sich sichtlich, den Professor zu sehen.

»Gut, dass ich Sie treffe«, sagte er. »Ich wollte nur kurz etwas klären, seltsame Sache.«

Und Mütze erzählte von dem Telefonat in der Früh mit Krautwursts Assistenten Morgenroth. »Die Witwe bestreitet, ein zweites Mal da gewesen zu sein. Vielleicht liegt ja tatsächlich ein Irrtum vor, der sich rasch klären lässt.«

»Kommen Sie mit, Herr Kommissar!«

Zusammen betraten die Herren den ehrwürdigen Gründerzeitbau und eilten hinunter in den Leichenkeller. Erstaunt sah André Morgenroth, der junge Assistenzarzt, Mütze an, als dieser ihn auf den Besuch der Witwe ansprach.

»Sie streitet ab, bei Ihnen gewesen zu sein«, sagte Mütze.

»Ich leide doch nicht an Halluzinationen«, erwiderte Morgenroth pikiert. »Nachdem Sie mir das Okay gegeben hatten, habe ich die Leiche aus dem Kühlregal geschoben und die Frau in den Obduktionssaal gelassen.«

»Merkwürdig«, sagte Mütze. »Die Witwe verneint vehement, ein zweites Mal gekommen zu sein.« Daraufhin griff er in eine Tasche seiner Schimanski-Jacke und zog aus einem Umschlag ein Foto hervor, das Claudia van der Vaart zeigte. »War sie das?«

Der Assistenzarzt runzelte die Stirn. »Nein! Eindeutig nein! Die Dame heute Morgen war deutlich jünger und hatte lange dunkle Haare, einen Schwanenhals und Blumenlippen.«

Mütze blickte ihn verblüfft an. »Wie hat sie auf den Anblick des Toten reagiert?«

»Schwer zu sagen. Sie war still, hat kein Wort gesagt. Es waren nur wenige Minuten, vielleicht auch nur eine, dann ist sie wieder hinaus, ohne sich noch einmal umzudrehen.«

»Ihre Lippen. Sie sprachen von Blumenlippen. Welche Farbe haben ihre Lippen gehabt?«

Morgenroth stutzte. »Rosenlippen, also glänzend rote Rosenlippen.«

»Nicht pink?«

»Ganz sicher nicht.«

27

Zu Karl-Dieters Leidwesen fand Mütze nur selten Zeit für ein gemeinsames Mittagessen. Wie schön wäre es, sich regelmäßig zu einem kleinen Imbiss zu treffen? Es brauchte nichts Großes zu sein, dachte Karl-Dieter oft. Heute hatte er Glück. Er habe zwar eigentlich keine Zeit, aber einen Riesenkohldampf, sagte Mütze am Telefon. Eine Viertelstunde später saßen sie im Garten des *Teehauses*, versteckt in einer Ecke hinter einem hölzernen Schuppen. Der lauschige Innenhof gehörte zu einem von Karl-Dieters erklärten Lieblingsorten. Mit seinen hohen bewachsenen Brandmauern aus unverputzten Ziegeln, dem Brunnen und den Bäumchen besaß er ein fast mediterranes Flair. Mütze genehmigte sich ein Weißbier, während Karl-Dieter beim Mineralwasser blieb. Zum Essen hatte sich Mütze eine Focaccia bestellt, Karl-Dieter einen Vital-Salat.

»Und?«, fragte Karl-Dieter so beiläufig wie möglich.

»Noch keine Festnahme, falls du den Mordfall meinst«, erwiderte Mütze kauend.

In seinem Gehirn ratterte es. Nüsslein hatte nach dem Joggen geduscht, die Lippenstiftspur war ohne Zweifel frisch. Das hieß, ganz offensichtlich gab es eine zweite Frau. Und diese zweite Frau musste Nüsslein kurz vor seinem Tod geküsst haben. Oder danach. In diesem Fall wäre sie die Mörderin. Wie wahrscheinlich aber war es, dass eine Geliebte ihren Geliebten umbrachte? Wahrscheinlicher war, dass Nüsslein seinem Mörder erst nach dem Kuss begegnet war. Schmidt-Feuchtwangen! Der Typ leimte sie, wo er konnte. Ein fachlicher Streit, der auf einem Fahrradweg mit solcher Heftigkeit ausgetragen wurde, wie wahrscheinlich war das? Davon hätte Schmidt-Feuchtwangen doch locker berichten können. Warum die Heimlichtuerei? Warum das Geständnis erst nach der Konfrontation mit dem Zeugen? Dafür gab es nur einen vernünftigen Grund: Schmidt-Feuchtwangen hing in der Sache mit drin. Vielleicht hatte er Nüsslein nachgestellt und mitbekommen, wie er eine Frau getroffen hatte, nicht irgendeine Frau, sondern eine Frau, auf die es Schmidt-Feuchtwangen selbst abgesehen hatte. Darauf waren bei ihm alle Sicherungen durchgebrannt. Er hatte Nüsslein unter einem Vorwand in den Botanischen Garten gelockt und ihn in der Höhle abgeknallt. Eifersucht war ein starkes Motiv, vielleicht das stärkste Mordmotiv überhaupt. Doch auch ohne Frauengeschichten hätte Schmidt-Feuchtwangen einen Grund gehabt, Nüsslein aus dem Weg zu räumen. Schließlich galt der als Konkurrent für den Erlanger Lehrstuhl.

Mütze nahm einen tiefen Schluck aus dem Weißbierglas. Eigentlich hatte er nicht vorgehabt, Karl-Dieter irgendetwas zu fragen, aber plötzlich kam ihm eine Idee.

»Sag mal, Karl-Dieter, du kennst dich doch mit so was aus. Was für ein Typ Frau legt einen pinkfarbenen Lippenstift auf?«

Karl-Dieter sah ihn überrascht an und grinste: »Suchst du einen Lippenstiftmörder?«

»Quatsch nicht, sag schon.«

Karl-Dieter schwenkte versonnen sein Glas. »Nun, am besten steht Pink Frauen vom mittleren Hauttyp, zu blass sollten sie nicht sein. Und ja, bei Braunhaarigen sieht Pink besonders gut aus, genau wie Pfirsichtöne. Auch sollte man für Pink ein gewisses Selbstbewusstsein besitzen.«

Mütze nickte. Er musste an Nüssleins Doktorandin denken, diese Ariane. Unter normalen Bedingungen hätten sie die Frau längst ausfindig gemacht, nun aber musste Big-Chip den Telefonjob allein erledigen und alle Quartiere von Erlangen und Umgebung durchtelefonieren. Und das in der Woche, in der der »Berg« begann, alle Häuser überbucht waren, das Personal im Dreieck sprang und man drei Kreuzzeichen machen musste, wenn die Leitung überhaupt frei war. Zu blöd, dass sie Nüssleins Handy noch nicht geknackt hatten. Dort war ihre Nummer sicher vermerkt. Ob Ariane die geheimnisvolle Schöne war, die sich als Nüssleins Frau ausgegeben hatte? Vielleicht ist sie ja heimlich in ihren Doktorvater verliebt gewesen, so etwas sollte ja vorkommen, und vielleicht hatte Nüsslein ihre Liebe erwidert. Vielleicht war sie es, die einen pinkfarbenen Lippenstift besaß. Selbst wenn sie nichts mit seinem Tod zu tun hätte, wäre sie eine wichtige Zeugin.

Mütze durchzuckte ein Gedanke. Er zog sein Handy hervor und begann zu googeln. Handys waren beim Essen eigentlich ein Tabu, Karl-Dieter war allerdings viel zu neugierig, um ein strenges Gesicht zu machen. Gespannt schielte er auf das Display, auf dem jede Menge Fotos aufploppten. Eines zoomte Mütze näher heran und ließ einen leisen Pfiff ertönen. Das Foto war in einem Hörsaal aufgenommen worden. Es zeigte Nüsslein vor einer mit Kreide beschriebenen Tafel, neben ihm stand eine junge Frau mit dunklen Haaren, und diese Frau hatte offensichtlich …

»Pinke Lippen«, entfuhr es Karl-Dieter.

Mütze scrollte zur Bildunterschrift: *Professor Marcus Nüsslein und seine Mitarbeiterin Ariane Schlehbusch, Nietzsche-Symposium Hamburg.* Rasch wählte Mütze Krautwursts Nummer.

Der Rechtsmediziner ging gleich dran, seine Stimme klang merkwürdig dumpf. »Entschuldigen Sie, Herr Kommissar«, sagte Krautwurst. »Ich bin in der Sauna.«

»Alles klar«, sagte Mütze, ohne sich groß darüber zu wundern, dass der Professor in der Sauna ans Handy ging. »Hab nur eine Bitte: Haben Sie die Handynummer Ihres Assistenten zur Hand, wie hieß er gleich … genau, Morgenroth.«

Auch Morgenroth war sogleich in der Leitung. Ein Foto? Ob Mütze ihm eines schicken dürfe? Gerne! Am einfachsten gleich aufs Handy.

Keine Minute später rief Morgenroth zurück.

»Kein Zweifel, das ist sie!«

»Sind Sie sicher?«

»Absolut! Auch ohne Sonnenbrille erkenne ich die Dame eindeutig wieder.«

28

Mütze eilte die Friedrichstraße hinunter. Karl-Dieter hatte geschaut wie ein Eichhörnchen mit Zahnschmerzen, doch er musste weiter. Dienst war Dienst und Schnaps war Schnaps. Der Kommissar musste sich Gewissheit verschaffen, und zwar sofort. Bis zum *Schwarzen Bären* war es zum Glück nicht weit. Was war schon weit in Erlangen? Ins Auto zu steigen hätte sich nicht gelohnt. Also ging Mütze zu Fuß.

Der *Schwarze Bär* war eines der Erlanger Traditionslokale, das noch einen Mittagstisch anbot, fränkische Küche zu anständigen Preisen. Der Wirtsraum war gut gefüllt, als Mütze eintrat. Er knöpfte seine Schimanski-Jacke auf und sah sich um. In der hinteren Ecke saß Claudia van der Vaart mit ihrem weißhaarigen Freund. Sie hatte sich ihrem Gegenüber zugewandt und schien ins Gespräch vertieft, bis ihr Blick zur Tür ging und sie den Kommissar erkannte. Mütze kräuselte die Stirn. Täuschte er sich, oder hatte sie die Hand verstohlen von der des Weißschopfs zurückgezogen? Mütze trat an ihren Tisch, entschuldigte sich für die Störung und bat die Witwe, ihn kurz vor die Tür zu begleiten.

»Dauert nicht lange.«

Überrascht schaute Claudia van der Vaart zwischen Mütze und dem Weißschopf hin und her. Dann stand sie auf und begleitete den Kommissar hinaus auf die Straße. Im selben Moment donnerte ein Zug vorbei. Mütze bemerkte heute zum ersten Mal, dass die Innere Brucker Straße direkt an den Bahngleisen endete.

»Frau van der Vaart, kann es sein, dass Ihr Mann ein Verhältnis hatte?«

Die Augen der Witwe blitzten auf. »Wie kommen Sie darauf?«

»Die Frau heute in der Rechtsmedizin, das war Ariane Schlehbusch.«

»Unmöglich«, entfuhr es der Witwe. Ihre Reaktion bewies jedoch, dass sie nicht ernsthaft daran zweifelte.

»Frau van der Vaart, hatte Ihr Mann ein Verhältnis mit seiner Doktorandin?«

Diese Frage überforderte die Witwe sichtlich. Sie wischte sich über die Stirn und erblasste. Zugleich wurde ihr schwindlig. Sie fing an zu schwanken und konnte sich nur mühsam auf den Beinen halten. In diesem Augenblick kam der Weißschopf aus dem *Bären* geeilt und nahm sie stützend in den Arm.

»Herr Kommissar, ich muss schon bitten! Sie sehen doch, in welchem Zustand Frau van der Vaart ist. Ist Ihnen eigentlich bewusst, was Claudia alles verloren hat, was sie alles für Marcus getan hat? Ohne Claudia wäre Marcus niemals das geworden, was er war. Ihr allein hat er alles zu verdanken. Und Sie haben nichts Besseres zu tun, als sie mit Ihren Fragen zu peinigen. Können Sie Ihre Gespräche nicht zu einer anderen Zeit an einem anderen Ort führen?«

Statt zu antworten, sah Mütze ihn scharf an und fragte: »Kennen Sie eine Ariane Schlehbusch?«

»Ariane Schlehbusch? Was soll das? Natürlich kenne ich Frau Schlehbusch, eine Doktorandin an unserem Institut.«

»Haben Sie vielleicht ihre Handynummer?«

»Nein, wieso sollte ich?«

Im selben Augenblick meldete sich Mützes Handy. Unwillig ging er dran. Es war Big-Chip. Auf Mützes Gesicht malte sich Erstaunen.

»Tatsächlich …? Nein, wartet auf mich, ich bin gleich da.«

29

Eine Viertelstunde später stürmte Mütze das Treppenhaus des *Bunkers* hinauf. Damit hatte er nicht gerechnet! Schmidt-Feuchtwangen wollte eine Aussage machen. Bekämen sie jetzt das Geständnis zu hören? War der Fall vielleicht bald schon gelöst?

Schweigend saß der Backenbartträger Big-Chip gegenüber und blickte zur Seite, als Mütze die Tür aufriss.

»Na, dann mal raus mit der Sprache!«, rief Mütze und ließ seine Schimanski-Jacke gekonnt an den Haken segeln.

Schmidt-Feuchtwangen schob die Hände zwischen die Knie und senkte den Kopf. Er schien genau zu überlegen, wie er beginnen sollte. Dann räusperte er sich und sagte: »Ich hab Ihnen nicht die Wahrheit gesagt.«

»Das war uns klar, lieber Herr Doktor, aber besser jetzt als nie.«

»Der Inhalt des Streits. Sie wissen schon, unten am Flussufer. Es ging nicht um Nietzsche und Wagner.«

»Worum ging es dann?«

»Es ging um wissenschaftliche Fairness.«

»Spannen Sie uns nicht auf die Folter, erzählen Sie endlich! Weshalb haben Sie sich gestritten?«

Schmidt-Feuchtwangen zog die Hände zwischen den Knien hervor und strich sich wieder über den Bart. Endlich begann er zu berichten, stockend, mit kleinen, nervösen Pausen.

»Sagt Ihnen der Name Schüpferling etwas? Der Mitbewerber um den Schelling-Lehrstuhl, der seine Bewerbung überraschend zurückgezogen hat? Niemals hätte ich gedacht, dass Marcus dahintersteckt, als ich davon hörte, dass Schüpferling nicht mehr am Auswahlverfahren teilnehmen wolle, wirklich niemals. Ich hatte es schon vor der Kommission erfahren, unter der Hand, von einem gemeinsamen Bekannten, wenige Tage zuvor. Kurz darauf bekam ich diesen Anruf – von einem alten Freund aus Österreich. Sein Name ist unwichtig, wir haben zusammen studiert, daher kennen wir uns. Er verdient sein Geld als Plagiatsjäger, durchleuchtet Doktorarbeiten, sucht nach falschen Zitaten, dem Klau von geistigem Eigentum, solche Sachen. Durch Zufall hatte er von der anstehenden Neubesetzung des Schelling-Lehrstuhls gehört und dass ich mich auch beworben hatte. Er teilte mir unter dem Siegel der Verschwiegenheit mit, dass einer meiner Mitbewerber seine Promotion getürkt habe. Ich fiel aus allen Wolken, als er den Namen Schüpferling nannte. Mein Freund sagte, jemand habe ihm anonym Schüpferlings Doktorarbeit zugespielt und dafür bezahlt, dass er sie untersuche, eine Auftragsarbeit. Das Ergebnis seiner Untersuchungen habe er in einen vorbereiteten Umschlag gesteckt und losgeschickt. Und jetzt kommt's: Die Adresse war eine Postfiliale in Marburg, wo der Umschlag postlagernd abgeholt werden sollte. Da hab ich eins und eins zusammengezählt. Die besagte Postfiliale liegt nämlich in unmittelbarer Nachbarschaft zu Marcus' Marburger Wohnung.«

»Sie meinen, Marcus Nüsslein hat Schüpferlings Doktorarbeit durchleuchten lassen?«

»Das liegt doch auf der Hand! Schüpferling war sein größter Konkurrent um den Schelling-Lehrstuhl.«

»Wie ist denn das Ergebnis der Untersuchung ausgefallen?«

»Verheerend! Etwa ein Drittel von Schüpferlings Werk bestand aus Zitaten, die nicht als solche gekennzeichnet waren.«

»Damit war Schüpferling erledigt.«

»Ganz genau, deshalb hat er seine Bewerbung zurückgezogen.«

»Wann genau haben Sie den Anruf erhalten?«

»Das war Samstagabend nach den Tagesthemen.«

»Wieso aber hat von der Fälschung bislang niemand anderes erfahren?«

»Ich erkläre es mir so: Nüsslein scheint Schüpferling die vernichtende Nachricht anonym zugespielt zu haben.«

»Wieso das?«

»Das hab ich ihn auch gefragt und das hat unseren Streit zusätzlich befeuert. Marcus hat alles bestritten, aber ich hab ihm genau angesehen, dass er dahintersteckte. Wissen Sie, warum er damit nicht an die Öffentlichkeit herangetreten ist?«

»Sagen Sie es uns.«

»Er wollte nicht als Königsmörder gelten. Wie sieht denn das aus, wenn er seinen schärfsten Konkurrenten auf diese Weise aus dem Rennen wirft? Das hätte seiner Reputation enorm geschadet und zugleich die eigenen Chancen geschmälert. Verrat kommt nicht gut an, auch nicht in der wissenschaftlichen Welt.«

»Über all das haben Sie gestritten?«

»Ja.«

»Und warum haben Sie uns das nicht gleich erzählt?«

»Das weiß ich auch nicht. Vielleicht wollte ich nicht mit Dreck nach einem Toten werfen.«

30

Nach Jena brauchte man gut zwei Stunden, wenn der Verkehr mitspielte. Mütze hatte sich in seinen Manta geworfen und war sofort losgeorgelt. Diesen Schüpferling wollte er sich persönlich vorknöpfen. Endlich tappten sie nicht mehr im Dunkeln, sondern verfolgten gleich mehrere vielversprechende Spuren. Gab es ein Geheimnis, das Claudia van der Vaart mit sich herumtrug? Wie hatte der Weißschopf das gemeint, als er sagte, dass Nüsslein alles seiner Frau zu verdanken habe? Was genau war ihre Rolle im Leben ihres Mannes? Hatte sie mitbekommen, dass ihr Mann sie betrog? Selbst wenn es sich so verhielt – dass sie ihm deswegen eine Kugel durch den Kopf jagte, war unwahrscheinlich. Der Pfeil der Eifersucht konnte zwar spitz und vergiftet sein, gewöhnlich wählte er sich jedoch andere Ziele, und das war in der Regel die Nebenbuhlerin. Heißer erschien Mütze der Hinweis auf diesen Schüpferling. Kaltgestellt zu werden von einem Kollegen, noch dazu kurz vor dem Erreichen des größten beruflichen Triumphes, der Krönung des Lebenswerkes, das konnte selbst friedliche Seelen zum Kochen bringen.

Mütze scheuchte einen Sonntagsfahrer von der Überholspur wie eine lästige Fliege. Zum Glück war auf der Autobahn wenig los. Es war noch nicht halb fünf, als er von der A 9 auf die A 4 Richtung Westen zirkelte. Vom *Bunker* aus hatte er in Schüpferlings Sekretariat angerufen und sich vergewissert, dass der Herr Professor im Haus war. Dabei hatte er zu einem kleinen Trick gegriffen und sich nicht als Kommissar vorgestellt. Er setzte bei solchen Dingen gerne auf den Überraschungseffekt. Worum es denn gehe, hatte Schüpferlings Sekretär wissen wollen. Eine dringende private Angelegenheit, hatte Mütze geflunkert.

Noch eine Abfahrt, ehe er Jena erreichte. Bei jeder Bodenwelle fing ein Plastikfigürchen auf dem Armaturenbrett zu tanzen an. Das Männchen sah sehr nach Jürgen Klopp aus, dem Erfolgstrainer, dem Mützes BVB seine letzten Meisterschaften zu verdanken hatte. Karl-Dieter hatte ihm die an einer Spiralfeder befestigte Figur zu Weihnachten geschenkt, was Mütze dem Freund hoch anrechnete, denn Karl-Dieter konnte mit Fußball so viel anfangen wie ein Sumo-Ringer mit einem Hula-Hoop-Reifen. Kloppo grinste sein unnachahmliches Kloppo-Grinsen, und obwohl jedem klar war, dass sein Gebiss vom Zahntechniker geschmiedet war, änderte das nichts an der Wirkung. Es gab Menschen, deren Selbstbewusstsein war unerschütterlich, und wenn alles gut lief, übertrug sich der Drive auf ihre Umgebung. Das war Kloppos Geheimrezept, davon war Mütze überzeugt.

Früher hatte eine Drei-D-Version von Karl-Dieter auf dem Armaturenbrett gewackelt, hergestellt vom

Fotostudio Glasow in der Erlanger Wasserturmstraße. Mütze war nicht unfroh, dass die Figur einem plötzlichen Bremsmanöver zum Opfer gefallen war. Man musste seinen Partner nicht ständig vor sich haben, auch wenn man ihn liebte. Oder besser: weil man ihn liebte.

Über Lobeda fuhr Mütze die Saale entlang Richtung Zentrum. Das Institut für Philosophie befand sich nördlich der Innenstadt. Mütze stellte seinen Wagen in der Zwätzengasse ab und ging die letzten Meter zu Fuß. Nach kurzer Suche hatte er Schüpferlings Institut gefunden und trat ein. Die Büroräume des Institutsleiters lagen im ersten Stock. Schüpferlings Sekretär zuckte bedauernd die Achseln, sein Chef habe das Haus vor einer Minute verlassen. Mit etwas Glück würde Mütze ihn noch im Frommannschen Garten erwischen, wo der Herr Professor eine Feierabendzigarette zu rauchen pflege. Der Garten liege gleich um die Ecke.

Mütze lief los. Im Internet hatte er sich Fotos von Schüpferling angesehen, ein schmächtiger Mann, dessen Spiegelglatze links und rechts von einem Spalier nach hinten gekämmter Resthaare gesäumt wurde. Auf den Lippen des Jenaer Professors schien stets ein hintergründiges Schmunzeln zu schimmern. Ob ihm das Schmunzeln vergangen war? Nach der Hiobsnachricht? Ob er kurz davorstand, seine wissenschaftliche Karriere hinzuwerfen? Sein Lebenswerk, es lag in Schutt und Asche. Auch wenn von seinen wissenschaftlichen Fälschungen bislang nichts an die Öffentlichkeit gedrungen war, so musste er doch damit rechnen, dass alles herauskommen würde. Oder setzte er etwa auf das Prinzip Hoffnung? Welches Philosophenhirn hatte sich das noch gleich ausgedacht? Er würde Karl-Dieter danach fragen.

Mütze eilte aus dem Gebäude und sah sich um, dann lief er die Straße in westlicher Richtung weiter, wo der Garten liegen musste. So ganz verstand er Nüsslein nicht. Hätte er nicht viel einfacher alles der Presse zustecken können, statt Schüpferling den Beweis seiner Tricksereien anonym zukommen zu lassen? Die Blätter hätten sich mit Freude darauf gestürzt und Schüpferling wäre erledigt gewesen. Warum die Heimlichtuerei? Um ihn zu schonen?

Der Frommannsche Garten war eine kleine Grünanlage in unmittelbarer Nähe zum Philosophischen Institut, ein lauschiger Ort mit alten Bäumen und jeder Menge Skulpturen, klassisch anmutenden, denen die Arme fehlten, und abstrakt-modernen. In der Nähe des zentralen Rondells standen Sitzbänke. Im Schatten eines Hortensienstrauchs saß ein Mann und rauchte.

Mütze trat auf ihn zu. »Professor Schüpferling?

Der Professor blickte Mütze erstaunt an. »Womit kann ich dienen?«

»Mütze. Kripo Erlangen. Ich ermittle im Fall Nüsslein.«

Ein nervöses Zucken huschte über die Unterlippe des Professors. Rasch setzte er seine Zigarette an, nahm einen tiefen Zug und ließ den Rauch langsam entweichen.

»Was habe ich damit zu tun?«, fragte er in einem Ton, als ob ihn der Mord tatsächlich nichts anginge.

»Wann haben Sie von Nüssleins Tod erfahren?«

»Sofort natürlich. Die Sache hat sich ruckzuck rumgesprochen, ist doch klar.«

Mütze kniff die Augen zusammen. Schüpferling sprach wie von einem Betriebsunfall, nicht wie vom Tod eines engen Kollegen. Tat er nur so oder war er tatsächlich so abgebrüht?

Schüpferling schloss die Augen und legte den Kopf in den Nacken. »Es ist eine Ferne, die war, von der wir kommen. Und es ist eine Ferne, die sein wird, zu der wir gehen.«

»Nietzsche?«

»Nein, Goethe«, sagte Schüpferling und lachte bissig auf.

»Herr Schüpferling, Sie hatten sich um die Schelling-Professur beworben. Warum der plötzliche Rückzieher?«

»Nichts ist so beständig wie der Wandel, Herr Kommissar.«

»Goethe?«, fragte Mütze.

»Nein, Heraklit«, antwortete Schüpferling sichtlich amüsiert.

Mütze zog seine Schimanski-Jacke straff, unzufrieden mit sich selbst. Mann, war er hier, um Sprüche fürs Poesiealbum zu sammeln? »Herr Schüpferling, Sie sind mir eine Antwort schuldig. Warum der Rückzieher?«

Erneut nahm der Philosoph einen Zug aus seiner Zigarette und kaute lange auf dem Rauch herum. Spielte er auf Zeit? Legte er sich die passende Antwort zurecht?

Mütze beschloss, in die Offensive zu gehen. »Herr Schüpferling, kann es sein, dass Sie vor Tagen unangenehme Post erhalten haben?«

Treffer! Überrascht entglitt Schüpferling seine Kippe. Das qualmende Nikotinwürstchen purzelte auf die Bank und rollte von dort weiter in den Kies. Schüpferlings Grinsen erlosch, in seine Augen trat etwas anderes: Angst. »Was meinen Sie …?«, murmelte er lauernd.

»Sie wissen genau, was ich meine. Ihnen wurde wissenschaftliche Fälschung nachgewiesen. Sie haben Ihre Doktorarbeit getürkt.«

»Wer hat Ihnen das erzählt?« Die Haut des Philosophen verfärbte sich, Flecken begannen, an seinem Hals zu pulsieren.

»Ihr ganzes Lebenswerk, plötzlich lag es in Trümmern. Ihr Hass wuchs ins Unermessliche. Wer steckte dahinter? Wer hatte die Energie aufgebracht, Sie zu demontieren? Diese Frage ließ Ihnen keine Ruhe mehr, dann fiel Ihr Verdacht auf Nüsslein, Ihren größten Konkurrenten um den Erlanger Lehrstuhl. So beschlossen Sie, Rache zu nehmen. Das Einzige, worüber ich mir im Unklaren bin: Sind Sie nach Erlangen gefahren, um kurzen Prozess mit Nüsslein zu machen, oder wollten Sie ihn zunächst nur zur Rede stellen und haben ihn dann im Affekt getötet?«

»Sind Sie wahnsinnig?« Schüpferling sah Mütze mit aufgerissenen Augen an. »Wollen Sie mir einen Mord anhängen?«

»Erzählen Sie mir einfach die Wahrheit!«

Schüpferling sah sich unruhig um, als wollte er sichergehen, dass es keinen weiteren Zeugen gab. »Es hat tatsächlich einen Brief gegeben.«

»Na also! Von wem?«

»Das weiß ich nicht. Es war ein anonymes Schreiben. Der feige Verfasser hat immer nur im Plural von sich gesprochen. *Wir haben leider erfahren müssen … Ihre Doktorarbeit entspricht nicht den Kriterien … Sie werden die richtigen Konsequenzen daraus ziehen, da sind wir uns sicher…*« Schüpferling drehte sich weg und spuckte in den Kies.

»Wo ist der Brief?«

»Wo er ist?« Schüpferling lachte bitter auf und schaute zum Himmel hinauf. »Dort oben zieht er als kalter Rauch gen Westen.«

»Sie haben ihn verbrannt?«

»Natürlich! Glauben Sie, ich klebe mir einen solchen Dreck ins Familienalbum?«

»Sie haben Ihre Doktorarbeit also tatsächlich getürkt?«

Schüpferling blickte Mütze hasserfüllt an. »Was heißt ›getürkt‹? Ein paar Zitate sind nicht als solche gekennzeichnet. Mann, wissen Sie, wie alt ich war? Gerade mal Mitte zwanzig. Ewig her das Ganze, Jugendsünde. Seitdem nur erstklassige Publikationen. Hat der Schurke sicher auch alles durchleuchten lassen, wird sich schön geärgert haben.«

»Aber die falsche Doktorarbeit reichte leider. Wie genau hat der Verfasser das mit den Konsequenzen gemeint?«

»Oh, da hat er ganz edelmütig getan! Als wäre er kein widerlicher Schnüffler. *Wir wollen Ihr Lebenswerk nicht zerstören ... uns geht es einzig und allein darum, den Schelling-Lehrstuhl nicht zu beschädigen ...«* Wieder lachte Schüpferling auf. »Den Schelling-Lehrstuhl nicht zu beschädigen, was für ein bigotter Hund! Wie beschädigt wird der Lehrstuhl erst sein, wenn sich ein feiger Erpresser auf ihm breitmacht!«

»Nun, Nüsslein kann es nicht mehr. Dafür haben Sie gesorgt.«

»Jetzt kommen Sie mir nicht so, Herr Kommissar!«, rief der Philosoph erregt. »Ja, Sie haben recht, ich gebe es zu, ich hatte Mordgedanken, und was für welche. Ich hätte den Mistkerl eigenhändig in der Saale ertränken können. Wenn ich gewusst hätte, wer es war!«

»Herr Schüpferling, wo waren Sie am Sonntag, speziell am Sonntagabend?«

»Am Sonntag? Da war ich wandern. Am Rennsteig, wenn Sie's genau wissen wollen.«

»Allein?«

»Natürlich allein! Wie immer, Herr Kommissar. Ganz er selbst sein darf jeder nur, solange er allein ist.«

31

Auch auf der Rückfahrt gab Mütze kräftig Gas. An einem Schnellimbiss hatte er sich mit einem Hamburger und einer Megaportion Pommes versorgt, die nun auf dem Beifahrersitz vor sich hin dampfte. Wie war Schüpferling am Sonntag nach Erlangen gereist? Mit dem Zug? Wohl kaum. Zu groß wäre das Risiko für ihn gewesen, erkannt zu werden. Wahrscheinlich hat er das Auto genommen, einen Dreier-BMW mit Jenaer Kennzeichen, wie Mütze herausgefunden hatte. Ob sich in Erlangen vielleicht jemand an den Wagen erinnerte? Wo hatte er geparkt? Auf dem Theaterplatz womöglich, eventuell auch unten an der Fuchsenwiese. Gleich morgen würden sie die Kollegen losschicken und die Anwohner befragen, Bergkirchweih hin oder her. Was sich der Alte nur einbildete. Mann, hier war ein Mord passiert, und was für einer!

Mütze hatte sich gerade die Höhen zum Thüringer Wald hinaufgeschraubt, als sein Handy klingelte. Es war Krautwurst. Er habe eine Neuigkeit aus Heroldsberg, vom Chefchemiker von Schwan-Stabilo, dem bekannten Stiftehersteller. Hugo Budweis sei sich sicher, dass der Lippenstift, dessen Probe man vom Gesicht des Toten gewonnen habe, aus der Produktion ihres Hauses stamme. In der Gaschromatografie zeige sich exakt das gleiche Spektrum wie bei den Vergleichslippenstiften.

»Schwan-Stabilo stellt Lippenstifte her?«, wunderte sich Mütze.

»Alle möglichen Sorten von Schönheitsprodukten. Werden unter anderen Namen verkauft, edleren. Chanel, Lancôme, wie die Marken halt so heißen. Schwan-Stabilo hat vor Jahrzehnten einen Stift entwickelt, mit dem man Schnittmuster auf die menschliche Haut zeichnen kann, zur Vorbereitung von OPs. Keiner versteht sich auf Augenkosmetik besser als OP-Schwestern. Sie haben daraus den Kajalstift gemacht.«

»Witzig. Wir suchen also nach einem Lippenstift der Firma Chanel, der von Schwan-Stabilo hergestellt worden ist.«

»Nein, in diesem Fall nicht von Chanel. Dieses spezielle Pink wird von der Pariser Edelmarke Giverlain vertrieben.«

»Können wir einen Vergleichsstift bekommen?«

»Das wird kein Problem sein. Und noch was dürfte Sie interessieren. Wir glauben, an den Resten des Lippenstifts Spuren menschlicher DNA entdeckt zu haben, Genspuren, die nicht von dem Toten zu stammen scheinen.«

Mütze pfiff durch die Zähne.

»Genaueres können wir aktuell nicht sagen«, fuhr Krautwurst fort. »Wir müssen die winzigen Reste erst anzüchten, das kann etwas dauern.«

»Wie lange?«

»Schwer zu sagen, knifflige Angelegenheit, Tage vielleicht, mit etwas Glück geht's schneller.«

Mütze dankte Krautwurst und warf das Handy mit zufriedenem Gesicht neben die Pommesreste. Vielleicht gelang es, diese Ariane Schlehbusch zu identifizieren oder zumindest den gesuchten Lippenstift bei ihr zu finden. War sie nicht die Mörderin, so war sie zumindest eine der Letzten, die Nüsslein vor seinem Tod gesehen hatten. Sie war immer noch wie vom Erdboden verschluckt. Warum zum Teufel meldete sie sich nicht? Was war da los? Wenn der Chef ermordet wurde, nahm man doch Kontakt zur Polizei auf.

Der Kamm des Thüringer Waldes war erreicht. Über seine Höhen verlief der legendäre Rennsteig. Karl-Dieter lag ihm seit Ewigkeiten damit in den Ohren, den bekannten Fernwanderweg einmal gemeinsam abzulaufen. Mütze hatte bislang jeden Versuch erfolgreich abwehren können. Wie öde musste das sein, tagelang zwischen sterbenden Fichtenwäldern entlangzustiefeln? Der Rennsteig war vielleicht etwas für Philosophen wie diesen Schüpferling, aber nichts für einen Kommissar, der sich beim Anblick zu vieler Bäume leicht zu langweilen begann. Ob Schüpferlings Alibi mit dem Rennsteig stimmte? Mütze glaubte nicht daran. Es war einfach zu dürftig. Zerstreut griff er neben sich und steckte sich eine weitere Ladung lauwarmer Pommes in den Mund. In diesem Moment ging sein Handy erneut.

Dieses Mal war es Big-Chip. »Mütze? Ich hab sie, diese Ariane, Nüssleins Doktorandin. Stell dir vor, sie hat sich gemeldet. Rat mal, wo sie wohnt! Halt dich fest: Sie ist quasi eure Nachbarin, hat sich in Kosbach einquartiert, beim *Polster*. Ziemlich durch den Wind, die Gute, redete völlig unzusammenhängend. Sie wolle uns etwas mitteilen, das uns sicher interessiert. Sie will es uns aber nur persönlich sagen. Soll ich schon mal hin …? Okay, okay, ich warte im *Bunker* auf dich und wir fahren zusammen. Ne, ne, geht vollkommen in Ordnung!«

Mütze warf sein Handy zurück auf den Beifahrersitz. Nicht dass er Big-Chip die Vernehmung nicht zugetraut hätte, aber bei so einer wichtigen Zeugin war er gerne mit dabei. Beim *Polster* war sie abgestiegen, dem Traditionsgasthof gleich gegenüber ihrer Wohnung, das war wirklich witzig. Vielleicht kochte Karl-Dieter am Abend etwas Feines, dann könnten sie nach der Zeugenvernehmung gleich zu ihm hinüberrutschen. Big-Chip war ein Fan von Karl-Dieters Küche.

In diesem Augenblick blitzte es rot auf.

»Verdammt«, grinste Mütze in sich hinein. »Hab ich wieder vergessen zu lächeln.« Er trat das Gaspedal tiefer durch.

32

Die junge Frau lag nackt in der Badewanne. Der Kopf war seitlich auf die zarte Schulter gesunken, die dunklen Locken schwammen auf dem Wasser und legten sich zu anmutigen Schleifen zusammen. Ihre Augen waren geschlossen, ihre vollen Lippen glänzten pink. Hier war nichts mehr zu machen, das erkannte Mütze auf den ersten Blick. Die Frau war tot. Der tastende Griff nach ihrer Halsschlagader nicht mehr als reine Routine.

»Verdammt!«, murmelte er.

Big-Chip sah ihn nicht an und verkniff sich eine Bemerkung. Hätte Mütze nicht darauf bestanden, bei der Vernehmung dabei zu sein, wer weiß, vielleicht wäre die junge Wissenschaftlerin noch am Leben.

Mütze zog ein Paar Einmalhandschuhe aus seiner Jackentasche, streifte sie über und griff nach einer Tablettenschachtel, die vor der Badewanne auf den Fliesen lag. Drei leere Blisterstreifen fielen heraus.

»Barbiturate«, stellte Mütze fest.

Eine ziemlich sichere Methode, aus dem Leben zu scheiden. Eilig sahen sich die Kommissare im Zimmer um. Aufgeschlagen nur eine philosophische Fachzeitung mit einem Artikel Nüssleins: »Der Einfluss der Kriegserlebnisse 1870 auf das Werk von Friedrich Nietzsche«. Sonst nichts. Keine Notiz, kein Abschiedsbrief.

»Kurzschlusshandlung«, vermutete Big-Chip. »Wie gesagt, sie war völlig durch den Wind.«

Mütze blickte skeptisch. Wie passte das alles zueinander? Okay, Ariane Schlehbusch hatte ein Verhältnis mit Nüsslein gehabt. Als sie vom Tod ihres Geliebten erfahren hatte, wollte sie ihn ein letztes Mal sehen und hatte sich in der Rechtsmedizin als seine Frau ausgegeben. Dass sie beim Anblick seiner Leiche in einen seelischen Ausnahmezustand geraten war, war gut nachvollziehbar. Aber sich deshalb gleich umbringen? Sie hatte sich mit ihnen treffen wollen. Wozu? Um tot aufgefunden zu werden?

Mütze griff zum Handy und rief die Spurensicherung an. Anschließend wählte er Krautwursts Nummer. Hätte er doch verdammt noch mal Big-Chip seine Arbeit machen lassen!

Noch einmal gingen sie ins Bad. Die dunklen Locken der Toten kringelten sich weiter auf dem Wasser. Mütze schaute zur Ablage über dem Waschbecken, wo neben einem halb geöffneten Kosmetiktäschchen der Lippenstift der Toten stand. Vorsichtig schraubte er ihn auf. Dasselbe Pink wie auf ihren Lippen und den Lippen ihres Geliebten.

33

»Und vom Hotelpersonal hat niemand etwas mitbekommen?« Karl-Dieter war auf den Küchenschemel niedergesunken und starrte Mütze entgeistert an. Was für eine furchtbare Geschichte, direkt in ihrer Nachbarschaft! Die arme Frau! Mütze und Big-Chip hatten gewartet, bis die SpuSi aufgetaucht war, dann waren sie hinüber zu Karl-Dieter gegangen. Im Backofen schlug ein Nudelauflauf Blasen. Es duftete verführerisch, doch Karl-Dieter war der Appetit vergangen. Erschöpft wischte er sich über die Stirn. Wie konnte das sein? Ein junges Leben, eine aufstrebende Wissenschaftlerin … aus, vorbei.

Mütze deutete auf den Ofen. »Fertig?«

Karl-Dieter nickte mechanisch und stand auf, um den Auflauf aus dem Ofen zu ziehen. Wie Mütze jetzt nur ans Essen denken konnte! Manche Sachen würde er nie begreifen.

»Sie war die Geliebte des Toten, nicht wahr?«, sagte er, während er sich die dicken Küchenhandschuhe überzog. Die Innenseiten waren braun und verbrannt, dennoch hätte er es nie übers Herz gebracht, sie wegzuwerfen, waren sie doch ein Geschenk von Tante Dörte. Ach, Tante Dörte! Wie schön war die Welt gewesen, als er als Kind bei ihr zu Gast gewesen war und in ihrer Besucherritze hatte schlafen dürfen. Dann war alles gut gewesen. An nichts hatte es gefehlt, damals in Dortmund-Hörde, und wenn er ins Bett geschlüpft war und der Himmel wie auf ein geheimes Zeichen glutrot aufgeflammt war, weil man bei Phoenix den Stahl abstach, hatte er sich vorgestellt, dass in diesem Moment die Englein im Himmel mit der Weihnachtsbäckerei begannen. Ja, die Kindheitsjahre! Ruhrpott-Romantik, längst die Emscher hinabgeflossen. Einen frühen Riss hatte die Idylle bekommen, als er an einem Abend, als die Tante einen Besuch in der Nachbarschaft machte, heimlich zum Fernseher gegangen war. *Aktenzeichen XY* war gelaufen. Der Anblick der Hand, die langsam im Moor versank, hatte ihn zutiefst verstört und verängstigt, ja seinen Glauben an das Gute in der Welt nachhaltig erschüttert. Man sollte solche Sendungen verbieten, dachte Karl-Dieter, als er den Auflauf auf ein Holzbrett schob. Was war damit gewonnen? Das Reinste in dieser Welt war die Fantasie eines Kindes. Dessen Unschuld zu bewahren, sollten sich alle Erwachsenen zur Aufgabe machen. Das hatte nichts mit dem Vorspielen einer heilen Welt zu tun, das war ein Akt der Barmherzigkeit und der Verantwortung.

Big-Chip haute kräftig rein, Mütze ebenfalls. Karl-Dieter hatte Lachs und grünen Spargel unter die Nudeln gemischt und eine Béchamelsoße angerührt, die er immer mit Lorbeerblättern würzte, ein Tipp von

Tante Dörte. Auf den Tisch stellte der Bühnenbildner zwei Flaschen Bergkirchweihbier, gebraut von Peter Oberle, dem Sohn des benachbarten Teichwirts. An einem Automaten an der Straße konnte man sich Tag und Nacht versorgen. Praktisch!

»Und wenn es kein Selbstmord war?«, sagte Mütze zu Big-Chip, während er mit einem Käsefaden kämpfte, der sich nicht von der Gabel lösen wollte. »Überleg mal: Welcher Selbstmörder schiebt die leeren Blisterstreifen zurück in die Packung, nachdem er die Tabletten geschluckt hat?«

Karl-Dieter zuckte zusammen, als fühlte er sich ertappt. Er selbst hätte die Streifen vermutlich auch zurückgeschoben. Man wollte der Nachwelt doch keine Unordnung hinterlassen. Wie sah das denn aus, wenn überall Müll herumlag? Eine seiner schlimmsten Befürchtungen war es, an einem Herzinfarkt zu sterben und die Wohnung wäre nicht aufgeräumt, seine benutzten Socken lägen noch auf dem Stuhl. Er wagte es nicht, diese Gedanken auszusprechen. Mütze würde vermutlich darüber lachen und dieses Lachen schmerzte.

Auch Big-Chip schien Mütze nicht folgen zu wollen. »Also für mich ist ein Selbstmord absolut plausibel. Ariane hat Nüsslein geliebt. Durch ihren Tod wollte sie sich wieder mit ihm vereinen. Denk an Romeo und Julia!«

Mütze nickte, obwohl er nur eine dunkle Ahnung hatte, wie das mit Romeo und Julia gelaufen war.

»Schon, klar. Soll alles nach einem Suizid aussehen. Aber genau das stimmt mich skeptisch. Warum haben wir keinen Abschiedsbrief gefunden? Nicht den kleinsten Zettel mit einer erklärenden Notiz?«

»Vielleicht ist hier drauf etwas Entsprechendes«, sagte Big-Chip und zog einen Plastikbeutel hervor. In ihm baumelte das Handy der Toten.

Mütze kräuselte die Stirn.

»Big-Chip könnte recht haben«, entfuhr es Karl-Dieter. »Die jungen Leute pflegen andere Kommunikationsformen. Wer schreibt heute noch Briefe?«

Im selben Moment meldete sich Big-Chips Smartphone. Das Gesicht des Technik-Nerds hellte sich auf. Das, was ihm der Mann von der Telefongesellschaft mitzuteilen hatte, gefiel ihm offensichtlich sehr. Schnell notierte er die diktierte Ziffern-Buchstaben-Kombination auf seiner Papierserviette.

»Firma dankt«, sagte er und drückte den Anruf weg. »Das werden wir gleich haben!«

Er zog sich Einmalhandschuhe an, ließ das Handy der Toten aus dem Plastikbeutel gleiten und gab die PIN ein.

»Donnerlüttchen«, entfuhr es Mütze.

Auf dem Bildschirm flammte das Foto von Marcus Nüsslein am Strand eines einsamen Sees auf. In Badehose.

34

Der Spaziergang um den nächtlichen Karpfenweiher war für Karl-Dieter eine Notwendigkeit. Nirgends gelang es ihm besser, seine Gedanken zu sammeln, als allein in der Natur. Die Kommissare waren, kaum hatten sie die WhatsApp-Nachrichten studiert, wieder aufgebrochen, hinüber zum Tatort, um sich von Gößwein, dem Chef der Spurensicherung, erste Erkenntnisse berichten zu lassen. Karl-Dieter hatte rasch das Geschirr in die Spülmaschine gestellt und die Küche gesäubert, ehe er sich seine blaue Satinjacke übergestreift hatte und hinausgegangen war.

Es war eine milde Frühlingsnacht. Übermütig funkelten die Sterne von einem samtschwarzen Himmel, in der Ferne leuchtete das Outletcenter von Adidas wie ein gelandetes Ufo. Die Korrespondenz des Liebespaares, das unter solch mysteriösen Umständen ums Leben gekommen war, hatte Karl-Dieter tief berührt. Es waren Sätze voller Poesie, voller Liebe und Leidenschaft, auch voller Vorwürfe und Beschwichtigungen, aber immer durchdrungen von einer brennenden Zuneigung. Oft hatte Ariane ihr Häschen, wie sie ihren Geliebten häufig nannte, beschimpft, ihn einen Feigling geheißen, weil er sie im Institut nur förmlich und auf Abstand gegrüßt hatte, sich beschwert, weil er einen versprochenen Spaziergang ein ums andere Mal verschob oder verlangte, dass sie sich in einen dicken Mantel hüllte, wenn sie am Ufer der Lahn spazieren gingen, sie hatte gezürnt, weil er sich nicht einmal ins Kino mit ihr trauen würde. Marcus wiederum hatte alles getan, um ihre Vorwürfe zu zerstreuen. Es sei ja nur im Moment noch so, sein liebes Nachtvögelchen solle bitte die Geduld bewahren. Bald würde er sie küssen und im Kreis herumwirbeln, mitten auf der Straße. Bald, sehr bald würden sie ein Paar sein, sichtbar für die ganze Welt. Jetzt seien sie es eben nur für sich selbst, und sei das nicht bei genauer Betrachtung das Eigentliche? Die Welt könne mit der Liebe zweier Menschen eh nichts anfangen, man würde sich nur die Mäuler zerreißen. Manche Blumen blühten eben im Verborgenen.

Ob er damit sagen wolle, dass sie ein Mauerblümchen sei, hatte sie erwidert. Sie verspüre nicht die geringste Lust, im Verborgenen zu blühen. Er rede immer von der Welt, dabei sei es gar nicht die Welt, die er fürchte, es sei schlicht und einfach nur ein einziger Mensch: Claudia. Er solle es doch zugeben, er stehe weiter in ihrem Bann und habe nicht die Traute, sich von ihr zu lösen.

»Liebes Nachtvögelchen. Wenn alles so einfach wäre. Du sprichst von einem Bann und du täuschst dich. Meine Gefühle Claudia gegenüber sind längst verblasst, das einzige Gefühl, das noch da ist, ist Dankbarkeit, und dieses Gefühl ist kein kleines. Du weißt, was Claudia alles für mich getan hat, all die Jahre am Institut. Da kann ich sie nicht einfach brüsk von mir weisen. Wir müssen die Zeit arbeiten lassen, und du weißt, liebes Nachtvögelein, dass die Zeit für uns arbeitet. Unsere Zukunft heißt Erlangen. Erlangen soll einzig uns beiden gehören und niemandem anderen. Sollst sehen, dann wird alles anders, dann beginnt ein neues Leben.«

»Ach, du mit deinen ewigen Vertröstungen! Wenn ich dir nur glauben könnte, du ewiger Lügner. Ich bin's leid, so zu leben. Wie eine Klosterschwester verbringe ich die Nächte, manchmal umarme ich bereits dein Kissen, wenn du schon nicht da sein kannst.«

Karl-Dieter blieb am Ufer stehen und sah einer Ente nach, die ihre nächtliche Bahn über den Weiher zog. Über sein Gesicht huschte ein schmerzlich-träumerisches Lächeln. Die Art, wie sich Ariane und Marcus die Bälle zugespielt hatten, hatte etwas von einem aus der Zeit gefallenen Briefroman. Keineswegs hatten ausschließlich die Vorwürfe dominiert. Oft hatte man Erinnerungen an gemeinsam erlebte und durchliebte Stunden ausgetauscht, kleine Fluchten aus dem Alltag, ein Wochenende in Köln, eine Fahrt ins Blaue. Mal intensiv-erotisch, mal schelmisch-spielerisch, immer voller Sympathie und Sehnsucht war der Ton des Geplänkels gewesen. Klar, sie hatten Verstecken gespielt, durften ihre Liebe nicht offen leben, noch nicht, mussten vorsichtig sein, was besonders Ariane missfiel, die Heimlichkeiten hasste. »Bis gleich auf deinem offiziellen Handy!«, hatte sie einige Male geschrieben und der dabei mitschwingende Unterton war nicht zu überlesen gewesen. So wie das Zweithandy, das er heimlich benutzte, sein inoffizielles war, war sie seine inoffizielle Frau. Aber machte die Heimlichkeit nicht erst den eigentlichen Reiz aus, ja befeuerte ihn geradezu? Was wäre Romantik ohne Geheimnisse? Und selbst wenn es Streit und Eifersucht gegeben hatte, steckten Witz und verborgenes Einverständnis selbst in der alltäglichsten Bemerkung. Dass so etwas heute noch existierte!

Karl-Dieter spürte einen Stich. War es Neid oder gar Eifersucht? Er musste an seine WhatsApp-Dialoge mit Mütze denken, an die trocken hingeworfenen Sätze des Freundes. »Heute Lust auf Happi-Happi in der Frittenschmiede?«, war der lyrischste Satz der letzten drei Wochen gewesen. Ob es daran lag, dass sie sich so lange kannten? Karl-Dieter zweifelte daran. Ein anderer Grund schien ihm wahrscheinlicher. Es lag an Mützes Charakter. Als echter Ruhri neigte er nicht zu Poesie und blumigen Umschreibungen. Im Pott herrschte eine knappe, nüchterne Sprache. Das ging vielleicht auf die Maloche in den Bergwerken zurück, wo man auf eine solche Form der Kommunikation angewiesen war. Unter Tage zählten keine Zwischentöne, sondern klare Handlungsanweisungen, alles andere war lebensgefährlich. Vielleicht gefiel es Mütze deshalb im Frankenland so gut. Auch der Franke war ein Meister der Verknappung. Zu Beginn ihrer Erlanger Zeit hatten sie einmal einen Ausflug nach Bamberg gemacht und waren in einem Brauereigasthof gelandet. Als die Kellnerin kam, hatte ihr Nachbar »A U!« bestellt, worauf ihm ein ungespundetes Bier gebracht worden war. »A U!« Konnte man es kürzer ausdrücken?

Karl-Dieter war beim Steinkreuz angelangt und drehte nun die Runde zurück um den Deckersweiher. Manchmal blubberte es leise im Wasser, dann hatte sich ein Fisch an die Oberfläche gewagt und schickte kreisförmige Wellen auf Reisen. Hoffentlich gelang es Mütze, Nüssleins Mörder zu fassen. Ob Ariane ebenso Opfer eines feigen Mordes geworden war, wie Mütze glaubte? Aber warum? War ein Selbstmord nicht wahrscheinlicher? Nach dem Tod ihres Marcus hatte das Leben keinen Sinn mehr für sie gehabt. Die WhatsApp-Nachrichten sprachen für sich: Es ist Liebe gewesen, echte Liebe. Wenn einem das Liebste genommen wurde, war das nicht Grund genug, der Welt Ade zu sagen?

35

»Noch zwei Keller!«

Die beiden Kommissare hockten in der hintersten Ecke beim *Oberle*. Sie waren die letzten Gäste. Es war bereits 23 Uhr durch und ein einzelner Kellner langweilte sich am Tresen. Oberles Fischwirtschaft lag Seite an Seite mit dem *Hotel Polster*. Mütze war immer wieder erstaunt, wie gut die fränkischen Dörfer mit Einkehrmöglichkeiten versorgt waren. Gewöhnlich mundete Mütze das Bier von Peter Oberle vorzüglich, heute hätte man ihm aber auch irgendein norddeutsches Industriebier servieren können, er hätte es nicht bemerkt. Stirnrunzelnd sah Big-Chip, wie Mütze das nächste Bier hinunterstürzte, verlor aber kein Wort darüber. Es war zu offensichtlich, dass sich Mütze einen Kopf wegen der Toten machte.

»Die Haare«, sagte Mütze und starrte auf die Pfütze, die in seinem Krug schwappte. »Wenn sich nur die verdammten Haare nicht bewegt hätten.«

Big-Chip verstand, was Mütze meinte. Der Freund hatte im Laufe des Lebens furchtbar zugerichtete Leichen gesehen, Horrorfunde, die selbst den abgebrühtesten Kommissar zeitlebens verfolgen konnten. All das war für ihn nicht so schlimm gewesen wie die Frau in der Badewanne.

»Bei einem Toten darf sich nichts mehr bewegen«, sagte Mütze. »Erst recht nicht die verdammten Haare.«

Die Spurensicherung hatte nichts gefunden, was gegen einen Suizid sprach. Natürlich würden die Beamten versuchen, Haarspuren und Fingerabdrücke zu asservieren, aber was sollte das bringen? Auch Gößwein, der alte Hase, hatte wenig zuversichtlich gewirkt. Wenn Krautwurst die Barbiturate als Todesursache ausmachte, war zumindest dieser Todesfall so gut wie geklärt, zumal das Motiv aufgrund der gefundenen WhatsApps auf der Hand lag.

»Warum hat sie keinen Abschiedsbrief geschrieben?«, murmelte Mütze.

»27 Prozent aller Selbstmörder schreiben keinen«, gähnte Big-Chip.

Mütze nickte. So genau hatte er das nicht mehr im Kopf, doch Big-Chip würde es wissen. In Sachen Statistik machte dem Kollegen niemand etwas vor. Und Karl-Dieter musste er wohl recht geben: Wem hätte Ariane einen Abschiedsbrief schreiben sollen? Der, den sie liebte, konnte keine Briefe mehr lesen.

Mütze hatte die WhatsApp-Korrespondenz nicht unbeeindruckt gelassen. Wie raffiniert dieser Nüsslein sein doppeltes Spiel gespielt hatte! Er hatte seiner Geliebten das Blaue vom Himmel versprochen und war doch bei seiner Frau geblieben. Ob Ariane das klar geworden war, sodass sie letztlich keine Hoffnung mehr gehabt hatte, dass sich ihr Geliebter jemals von seiner Frau trennen würde? Ob sie ihm ein Ultimatum gestellt hatte, das er tatenlos hatte ablaufen lassen? In Erlangen, wo doch alles anders werden sollte? Ob er ihr klipp und klar gesagt hatte, dass sie auch in Erlangen die Nummer zwei bleiben würde, verdammt zu einem Leben im Schatten? Hatte sie ihn deswegen erschossen?

»Ne, ne«, sagte Big-Chip. »Sie war's nicht, glaub mir. In dem Fall hätte sie sich gleich mit erschossen an dem Abend in der Höhle. Allein wegen der Romantik. Wenn, dann will man in solch einer Situation doch zusammen aus dem Leben scheiden.«

Mütze winkte dem Kellner und hob zugleich den leeren Krug. Big-Chip hatte sicher recht. Warum hätte sie sich eine solche Mühe damit machen sollen, ihr Häschen in die Grotte zu locken und dort zu erschießen, nur um sich kurz darauf in die Badewanne zu legen und sich mit Barbituraten vollzustopfen? Natürlich war diese Tatversion nicht auszuschließen, nicht zu hundert Prozent. Natürlich konnte Ariane, nachdem Wut und Enttäuschung nach der Tat verraucht gewesen waren, in ein solches Loch gefallen sein, dass sie keinen anderen Ausweg mehr gesehen hatte, als sich umzubringen. Einen Mord zu begehen war das eine, mit der Tat zu leben, das andere. Warum aber hatte sie, falls es sich tatsächlich so abgespielt haben sollte, nicht ein zweites Mal die Pistole genommen?

»Das wiederum ist leicht zu erklären. Frauen wollen eben auch als Leiche schön aussehen«, seufzte Big-Chip. »Und außerdem hätte sie die Pistole bestimmt entsorgt, wenn sie ursprünglich die Absicht gehabt hätte weiterzuleben. Ne, ne, Mütze, wie man's dreht und wendet, ich glaub nicht dran, dass sie es war.«

»Und Nüssleins zweites Handy? Also das höchstprivate? Wo ist das?«

»Nachdem er mit seiner Freundin Schluss gemacht hatte, hat Nüsslein es verschwinden lassen. Er wollte nichts hinterlassen, was an seine Affäre erinnerte.«

Mütze bekam ein frisches Bier und setzte den Krug sogleich an seine Lippen. Erneut schlichen sich Zweifel in seine Gedanken. Ob es nicht doch Ariane gewesen ist?

Mütze trank das Seidla zur Hälfte aus. Seltsame Geschichte auf alle Fälle. Jedoch bei einer Frau, die zu Theatralik neigte, nicht ausgeschlossen. Nachdem Nüsslein ihr mitgeteilt hatte, dass er sich nicht von seiner Frau trennen würde, ist für sie eine Welt zusammengebrochen. Die Erkenntnis ist durchgedrungen, dass er es niemals ernst mit ihr gemeint hatte. Deshalb hat sie ihn in die Falle gelockt, hat ihm ein letztes Mal die Meinung gesagt und …

Mütze hielt Big-Chip die Hand vor die Schläfe und krümmte den Finger.

»Zuvor aber hat sie ihn zum Abschied geküsst«, ergänzte Big-Chip mit traurigem Lächeln.

»Der Kuss des Todesengels«, sagte Mütze und griff erneut zum Bier.

Was zum Teufel hatte Ariane ihnen mitteilen wollen, bevor sie gestorben war? Wieder und wieder hatten sie diese Frage diskutiert und waren zu keinem Ergebnis gelangt. Wären sie doch nur rechtzeitig …

»Die Grübeleien bringen uns nicht weiter«, sagte Big-Chip. »Sie muss ihren Tod länger geplant haben. Oder verreist du mit einer Packung Barbiturate?«

Mütze wischte sich über das Gesicht. Sie könnte sich die Medikamente in Erlangen beschafft haben. Ob sie die Apotheken abklappern sollten? Wozu? Wenn nur endlich der Anblick der Toten aus seinem Kopf verschwinden würde, die dunklen Locken, die auf dem Badewasser schwammen. Nein, diese Frau war keine Mörderin, so sehr konnte er sich nicht in einem Menschen täuschen. Die Version, dass sie ihren Freund aus Enttäuschung erschossen hat, fein ausgedacht, dennoch ein reines Hirngespinst. Ein anderer musste Nüsslein auf dem Gewissen haben. Schmidt-Feuchtwangen? War der Streit am Schwabachufer der Auslöser gewesen? Nein, nein … Einem Impuls folgend, kramte Mütze seinen Kugelschreiber aus der Jacke und begann, auf dem Bierdeckel herumzukritzeln.

»Was wird das?«, fragte Big-Chip. Dann erkannte er, was Mütze niedergeschrieben hatte. Es war ein Name: Schüpferling.

»Lass uns aufbrechen«, sagte Mütze.

»Wohin?«

»Wirst du sehen!«

36

Mit blassem Gesicht saß die junge Hotelangestellte spätabends an der Rezeption des *Bayerischen Hofes*.

»Um diese Uhrzeit?«, fragte sie erstaunt, als die Kommissare ihr sagten, warum sie gekommen waren.

»Wieso?«, sagte Mütze. »Ist doch erst kurz vor zwölf.«

Die junge Frau schien sich etwas unsicher zu sein, ob sie den Wunsch der beiden Polizisten erfüllen durfte. Nach kurzem Zögern stand sie auf und bat die Kommissare, ihr zu folgen.

Sie gingen zum Aufzug und fuhren hinauf in den ersten Stock. Vor dem Zimmer mit der Nummer 118 hielt die Rezeptionistin an und klopfte sachte an die Tür. Nichts rührte sich. Mütze trat vor und klopfte fester.

Nun erklangen Geräusche. Eine Stimme rief »Moment!«, ehe sich die Tür öffnete. Im weißen Bademantel stand Schmidt-Feuchtwangen vor ihnen und starrte sie verblüfft an.

»Dürfen wir reinkommen?«, fragte Mütze.

Der athletische Philosoph mit dem eindrucksvollen Backenbart ging voraus und setzte sich auf die Bettkante.

Die beiden Kommissare rückten zwei Stühle heran. Die Rezeptionistin hatten sie dankend verabschiedet.

»Und?«, fragte Schmidt-Feuchtwangen und rieb sich die müden Augen.

»Den Namen«, sagte Mütze und nahm ihn scharf in den Blick.

»Welchen Namen?«

»Den Namen des Plagiatsjägers.«

»Tut mir leid, Herr Kommissar, Sie verstehen, ich hab mein Ehrenwort gegeben.«

»Ihr Ehrenwort interessiert mich einen Dreck«, herrschte Mütze ihn an und schlug mit der Hand aufs Bett. »Es geht um einen Mord!«

Schmidt-Feuchtwangen rutschte unruhig hin und her.

»Den Namen, Herr Doktor!«, sagte Mütze mit drohendem Unterton.

»Bedauere! Selbst wenn Sie mich einsperren, ich hab mein Ehrenwort gegeben. Ein jeder wackere Mann ist auch ein Mann von Wort.«

37

»Hat das nicht Zeit bis morgen?«, seufzte Big-Chip.

»Ich weiß nicht, was du willst, ist doch schon morgen«, erwiderte Mütze und ließ seine Hand auf Big-Chips Schulter niedersausen.

Der Technikfreak saß mit blutunterlaufenen Augen vor seinem Rechner und tippte eine Ziffernkombination nach der anderen ein. »Du weißt schon, dass das nicht legal ist«, murmelte er, während sein rundes Gesicht im Widerschein des Computers bläulich aufleuchtete.

»Legal, illegal, scheißegal«, meinte Mütze. »Die Infos würden wir morgen von der Telefongesellschaft sowieso bekommen.«

Big-Chip saß mit gebeugtem Oberkörper an seinem Rechner, Mütze lümmelte auf seinem Bürostuhl herum und wirkte hellwach. Die Bierchen hatten ihn nicht müde gemacht, im Gegenteil. Mit der richtigen Wut im Bauch arbeitete es sich am besten. Ehrenwort! Machte der Herr Philosoph einen auf Helmut Kohl? Na, dem würden sie es zeigen! Er sollte Big-Chip nicht unterschätzen! Anhand des geführten Telefonats würden sie die Handynummer des Plagiatsjägers ermitteln.

»Wann genau, sagtest du, ist der Anruf gekommen?«, fragte der Computerfreak.

»Samstag nach den Tagesthemen.«

Big-Chip hämmerte weiter auf der Tastatur herum. Endlich richtete er sich auf und rief: »Bingo!«

Mütze sprang hoch und schaute ihm über die Schulter. Auf dem Bildschirm war eine Landkarte zu sehen, in ihrer Mitte eine rote Pinnadel.

Mütze zog die Stirn kraus. »Bist du sicher?«

»Absolut!«

»Aber das ist nicht Österreich, das ist die Fränkische Schweiz.«

»Richtig. Und der Pfeil zeigt direkt auf Wichsenstein!«

38

Big-Chip nickte auf dem Beifahrersitz ein. Erst als Mütze von der Autobahn abbog, erwachte er und rieb sich müde das Gesicht. Nun ging es mitten hinein in die Hügellandschaft, die einst Muggendorfer Gebürg geheißen hatte und unter dem Namen Fränkische Schweiz die Augen von Wanderern und Bierliebhabern zum Leuchten brachte. Mütze schnitt die Kurven wie Sebastian Vettel zu seinen besten Zeiten. Wenn es ihnen gelänge nachzuweisen, dass tatsächlich Nüsslein hinter der Aufdeckung der Plagiatssache steckte und Schüpferling davon erfahren hatte, hatten sie den Typen am Wickel. Sie würden alle verfügbaren Kollegen losschicken, um zu belegen, dass Schüpferling zur Tatzeit in Erlangen war. Da mochte der Alte noch so toben wegen seiner Bergkirchweih. Schüpferling stand ganz oben auf der Liste der Verdächtigen. Mütze war sich sicher: Der Herr Professor aus Jena hatte Nüsslein auf dem Gewissen. Und letztlich auch Ariane, die, schockiert vom Tod des Geliebten, den Freitod gewählt hatte.

Eine gute Viertelstunde später tauchte Wichsenstein auf. Im fahlen Licht des Mondes war der namensgebende Felsen zu erkennen, der sich scharf über dem Ort erhob. Mütze verlangsamte die Fahrt, die schnarrende Stimme seines Smartphones wies ihm den Weg. Am Rand des Ortes, nicht weit von dem Felsen entfernt, lag ein einsames Gehöft: »Sie haben Ihr Ziel erreicht!«

»Du weißt schon, wie spät es ist?«, fragte Big-Chip gähnend.

»Nach Österreich wäre es weiter gewesen«, lachte Mütze.

Von wegen österreichischer Informant! Das war nur eine Finte gewesen, um sie auf die falsche Spur zu lenken. Wie Big-Chip anhand des Verbindungsnachweises von Schmidt-Feuchtwangens Handy die Adresse in Wichsenstein ausfindig gemacht hatte, Chapeau! Einzelheiten hatte der Kollege nicht verraten und Mütze hatte nicht weiter nachgefragt. Erstens hätte er nur die Hälfte verstanden und zweitens musste man manche Sachen nicht so genau wissen.

Sie stiegen aus und gingen auf den Hof zu. Alles lag in tiefer Dunkelheit. Ein Hund schlug an, laut und aufgeregt. Sie stiegen die schmale Treppe zur Haustür hinauf und schellten. Das Gebell wurde wütender. Licht flammte auf und es kam jemand den Flur entlang. Der Hund hörte auf zu bellen. Ein schmales Türfensterchen öffnete sich und ein schläfriges Auge sah sie an.

»Kriminalpolizei!«, rief Mütze und zückte seinen Ausweis.

39

Die Wohnstube war seltsam nostalgisch eingerichtet, man fühlte sich in längst vergangene Zeiten versetzt. Zwischen den plüschigen Vorhängen hingen verblichene Fotografien, alle in Gold gerahmt, Familienbilder vermutlich. Die Kommissare setzten sich auf eine Bank im Herrgottswinkel, ihnen gegenüber der Hausherr.

»Ulrich Olfaktorius«, stellte sich der Mann vor.

»Plagiatsjäger«, ergänzte Mütze.

»Gelegentlich diene ich der Wissenschaft«, erwiderte Olfaktorius und grinste müde.

Wie alt mochte er sein? Sicher hatte er die fünfzig hinter sich gelassen, schätzte Mütze. Entfernt erinnerte ihn der Mann an Dieter-Thomas Heck, auch in der Art des Schnellsprechens. Olfaktorius' Hund, ein getrimmter Pudel, strich nervös um die Füße seines Herrchens.

»Uns interessiert einer Ihrer Kunden.«

»Kunden habe ich viele.«

»Uns interessiert Marcus Nüsslein.«

»Marcus Nüsslein? Der tote Philosoph? Der Mann, den man in Erlangen ermordet hat? Scheußliche Geschichte. Wie kommen Sie darauf, dass er mein Kunde war?«

»War er Ihr Kunde?«

»Nein, war er nicht.«

»Würden Sie es uns verraten, wenn es anders wäre?«

Olfaktorius lächelte geheimnisvoll, beugte sich runter und tätschelte seinen Pudel.

»Gelegentlich werde ich anonym kontaktiert«, tönte es von unter der Tischplatte.

»So wie in der Sache Schüpferling?«

Als der Plagiatsjäger wieder auftauchte, waren seine Gesichtszüge verändert. Böse funkelte er Mütze an. »Schmidt-Feuchtwangen, nicht wahr? Er ist es gewesen, er hat Ihnen davon erzählt.«

Nun war das Grinsen aufseiten von Mütze. Ein breites, sehr genüssliches Grinsen.

»Thaddäus, der alte Schwätzer!«, knurrte Olfaktorius. »Hat mal wieder seinen Mund nicht halten können. Wie damals zu Studentenzeiten. Hätt's mir denken können.«

»Oh, er hat sich sehr über Ihren Anruf gefreut. Und auch über den Hinweis auf Marburg.«

»Hinweis auf Marburg? Was soll der Scheiß? Der Umschlag ist voradressiert gewesen, postlagernd für eine Marburger Postfiliale. Aber nicht auf den Namen Nüsslein, sondern auf einen völlig anderen.«

»Als da wäre?«

»Frank Detering.«

»Frank Detering, soso. Lieber Herr Olfaktorius, Sie enttäuschen mich. Ich dachte, als Plagiatsjäger entwickelt man einen Sinn für Lug und Trug. Sie müssen ziemlich dumm aus der Wäsche geschaut haben, als Ihnen Ihr alter Studentenfreund Schmidt-Feuchtwangen den Namen Nüsslein als Auftraggeber für die Schüpferling-Sache zugeraunt hat.«

»Hat er nicht«, gab Olfaktorius erregt zurück. »Das müssen Sie mir glauben. Ich bin völlig ahnungslos.«

»Was haben Sie für Ihre Arbeit kassiert?«

»Geschäftsgeheimnis.«

»Nun«, sagte Mütze gedehnt, »wir sind nicht verpflichtet, den Steuerbehörden Auskunft zu erteilen, aber wir dürfen es natürlich tun, keine Frage. Nicht wahr, Big-Chip?«

»Verdammt!«, entfuhr es dem Plagiatsjäger so heftig, dass sein Pudel erschrocken aufjaulte. »Womit auch immer Sie mir drohen, ich weiß nicht, wer dahintersteckt.«

Nun fing sein Pudel zu bellen an und wollte nicht mehr aufhören.

Mützes Handy klingelte. Er vermutete Karl-Dieter in der Leitung, der sich Sorgen machte, und wollte nicht rangehen, dann warf er doch einen Blick auf das Display. Es war Krautwurst.

»Könnten Sie auf einen Sprung bei mir vorbeischauen, Herr Kommissar? Ich hätte da was für Sie!«

40

Im Sektionskeller der Rechtsmedizin lagen im grellen Licht der Neonlampen zwei Leichen: Marcus Nüsslein und Ariane Schlehbusch. So dicht standen die Tische nebeneinander, dass es wie eine Inszenierung wirkte. Von beiden Toten waren nur die Gesichter zu sehen, eine gnädige Hand hatte die Körper mit Laken verhüllt. Das Seltsamste war, dass auf beiden Lippen derselbe pinke Hauch lag, voll und dicht bei Ariane, zart, aber dennoch deutlich erkennbar bei ihrem toten Geliebten. Im Tod waren die beiden vereint.

»Wie Romeo und Julia, nicht wahr?«, sagte Krautwurst und lächelte bitter.

Der Chef der Erlanger Rechtsmedizin war froh, dass sich die Kommissare zu so später Stunde Zeit genommen hatten. Die Wanduhr, die aussah, als hätte man sie von einem Bahnhof entwendet, zeigte auf kurz vor zwei.

»Ich will es kurz machen«, sagte der Professor. »Zunächst darf ich Sie bitten, Ihre Aufmerksamkeit dieser Vergrößerung zu schenken.«

Mit diesen Worten schwang er sich auf einen Drehhocker, der an einem langen Tisch an der Seitenwand stand, und rückte ein Mikroskop zurecht. Über dem Mikroskop war ein Bildschirm angebracht, der ein verschwommenes Blau und Rot zeigte. Mittels eines kleinen Schräubchens am Mikroskoptisch stellte Krautwurst das Bild scharf. Mütze und Big-Chip traten näher. Was man sah, erinnerte an eine feine Fältelung, zahlreiche Hügel, die so eng zusammengepresst waren, dass sie kaum Täler bildeten.

»Was wir hier haben, ist ein Querschnitt durch die Lippe des Toten«, sagte Krautwurst. »Wenn Sie genau hinschauen, können Sie Spuren des Lippenstifts erkennen.« Mithilfe eines kleinen Cursors zeichnete er die dünne pinke Spur nach. »Was auffällt: Die Lippenstiftspur reicht nicht in die Täler hinein.«

»Was bedeutet das?«, fragte Mütze und rückte seine Lesebrille zurecht.

»Das bedeutet, der Tote hat den Kuss nicht erwidert.«

»Wie sollen wir das verstehen?«

»Erwidert man einen Kuss, setzt man die Lippen unter Spannung. Die Fältchen treten zurück und geben die Täler frei. Bei einem aktiven Kuss müssten wir den Lippenstift in den Tälern nachweisen können, was nicht der Fall ist.«

»Das heißt, Nüsslein wurde geküsst, hat den Kuss aber nicht erwidert.«

»So ist es.«

»Er hat ihn nicht erwidert, weil er nicht wollte oder weil er es nicht mehr konnte.«

»Beides ist möglich.«

»Er hätte den Kuss auch erst als Toter empfangen können.«

»Nicht auszuschließen. Nun wird's noch spannender: Uns ist es tatsächlich gelungen, die gefundene DNA von den Lippenstiftresten anzuzüchten.«

»Und?«, fragte Mütze gespannt.

»Sie ist identisch mit der Genprobe seiner Geliebten.«

41

»Sie ist in der Grotte gewesen!« Big-Chip leckte sich umständlich die Soße von den Fingern.

Die beiden Kommissare saßen im *Alten Ritter* und futterten. Der *Alte Ritter* war das letzte Erlanger Nachtlokal. Ohne Sperrstunde konnte man hier bis zum frühen Morgen seinen Kalorienbedarf decken. Die Gästeschar war genauso speziell wie das Ambiente der Spelunke, was Mütze jedoch nicht die Bohne störte. Hätte er mehr von Karl-Dieters Auflauf gegessen, wäre er nicht so hungrig gewesen. Nun war Currywurst eine Notwendigkeit.

»Sie hatte sich mit ihm verabredet, für den Sonntagabend«, nahm Mütze Big-Chips Bemerkung auf. »Als sie zur Höhle kam, lag er plötzlich als Toter vor ihr. Da ist sie entsetzt auf die Knie gefallen und hat ihm einen letzten Kuss gegeben, um dann in Panik davonzurennen. Verzweifelt und völlig durch den Wind hat sie nicht mehr gewusst, wie es weitergehen soll.«

»Aber das Gitter der Höhle war verschlossen, der Schlüssel im Versteck.«

»Das ist leicht erklärbar. Sie hat den Mörder überrascht, er konnte sich gerade noch im Dunkeln der Höhle verstecken. Nachdem sie davongerannt war, hat er die Höhle wieder verschlossen und ist dann auch weg.«

»Aber warum ist Ariane nicht gleich zu uns gekommen?«

»Panik, Verzweiflung, was weiß ich? Ihr ganzes Leben, ihre ganze Zukunft ein Trümmerhaufen. Der Gedanke, sich umzubringen, nahm schließlich gänzlich von ihr Besitz. Vielleicht hat sie sich an etwas Verdächtiges am Tatort erinnert, deshalb der Anruf gestern. Aus irgendeinem Grund hat sie beschlossen, nicht auf uns zu warten, sondern sofort aus dem Leben zu scheiden.«

»Sie hätte uns doch zumindest einen Zettel hinterlassen können. Überleg mal: Wenn jemand einen Menschen tötet, den du liebst, und du hast eine verdächtige Beobachtung gemacht, dann tust du doch alles, damit der Täter gefasst wird.«

»Willst du damit sagen, sie ist es doch selbst gewesen? Sie hat Nüsslein erschossen?«

»Wir werden sie nicht mehr fragen können.«

Mütze nickte. Es sah nicht gut aus für ihre Ermittlungen. Die wichtigste Zeugin, die zugleich die Täterin sein konnte, lebte nicht mehr. Die Schnellanalyse von Krautwurst hatte Barbiturate in ihrem Blut nachgewiesen, in tödlicher Konzentration. Damit war der Suizid als Todesursache so gut wie gesichert. Wie sollte jemand seinem Opfer mit Gewalt Schlafmittel einflößen? Zumal jede Spur von Gewalt fehlte. Die Staatsanwältin würde vermutlich zum gleichen Schluss kommen.

Mütze spießte das letzte Stück Currywurst auf. »Am wahrscheinlichsten ist: Ariane hat ihr Häschen heimlich getroffen und Nüsslein ein letztes Mal geküsst, bevor er heimtückisch ermordet worden ist.«

»Warum hat er ihren Kuss dann nicht erwidert?«

»Das Geheimnis werden die beiden mit ins Grab nehmen.«

Die Wahrheiten der Menschen sind die unwiderlegbaren Irrtümer.

Friedrich Nietzsche

MITTWOCH

42

Der Botanische Garten war wieder geöffnet. Das Verbotsschild war entfernt worden und die Flatterbänder ebenso. Mit bangem Gefühl trat Maxi durch das Tor, und auch ihr Dackel Wichtel zögerte. Er zog nicht ungestüm an der Leine, sondern hielt seine Schnauze witternd in den Wind. Maxi seufzte. Ausgerechnet hier! Ausgerechnet in ihrem Zaubergarten! Die Schreckenstat würde ihr nicht mehr aus dem Kopf gehen. Nie wieder würde sie den Morgenspaziergang unbeschwert genießen können. Ein einziges Mal hatte sie mit Marcus einen gemeinsamen Gang durch den Garten gemacht. Maxi erinnerte sich noch genau daran. Der Glaskasten mit den fleischfressenden Pflanzen hatte ihren Buben besonders interessiert. Die durchtriebenen Tricks, mit denen die Gewächse auf Beutefang gingen. Obwohl, vom Auf-Beutefang-*Gehen* konnte man streng genommen nicht sprechen. Die Pflanzen, die sich von Tieren ernährten, waren in der denkbar schlechtesten Position. Weil sie fest im Boden wurzelten, konnten sie ihrer Beute nicht nachjagen. So mussten sie viel Raffinesse aufwenden, um an Fliegen, Motten oder Nachtfalter zu gelangen.

Die Karnivoren, so der wissenschaftliche Name dieser Pflanzen, verlegten sich auf das Aussenden von Lockstoffen, süße, unwiderstehliche Düfte, die ihre Opfer in die Falle lockten. Dort wartete Trick Numero zwei, eine tückische Klebeschicht, die die Insekten festhielt, bevor die Pflanze ihre Blätter zu einem Gefängnis schloss und ihre Verdauungssäfte ausstieß. Marcus hatte alle Beschreibungen genau studiert und offensichtlich eine Analogie zum Menschen in den Vorgängen entdeckt.

»Du gehst zu Frauen? Vergiss die Peitsche nicht«, hatte er gemurmelt.

Dieser Satz hatte Maxi manch geheimen Kummer bereitet. Offensichtlich besaß Marcus ein beschädigtes Frauenbild. Niemals hatte er eine Freundin erwähnt, nie von einer Kommilitonin erzählt. Ob er schlechte Erfahrungen gemacht hatte? Maxi war zu feinfühlig, ihn danach zu fragen. Vielleicht war er einfach noch nicht reif genug für eine Partnerschaft, hatte sie gedacht. Bei manchen Männern konnte das dauern, man musste Geduld haben. Sie hatte ihm das gleiche Glück gewünscht, das sie selbst hatte erleben dürfen, zusammen mit Hugo. Auch wenn ihnen das Schicksal die letzte Erfüllung versagt hatte.

Maxi blieb stehen und sah mit traurigen Augen zu dem Gebäude der Kinderklinik hinüber. Drei Tage waren ihr geschenkt worden, drei Tage als glückliche Mutter. Am dritten Tag waren die Atemzüge des kleinen Jonathan schwächer geworden. Sofort waren sie mit ihm in die Pädiatrie geeilt. Dort hatte man ihren Sohn sogleich auf die Intensivstation gebracht. Unruhig war sie hinaus in den angrenzenden Botanischen Garten gegangen, war die Wege auf und ab geschritten, betend, flehend, immer in der Hoffnung, alles würde gut werden. Es wurde nicht gut. Die Ärzte und Schwestern hatten ihr Bestes gegeben, den tückischen Infekt hatten sie trotzdem nicht besiegen können. In derselben Nacht war Jonathan gestorben. Mit den Jahren war sie darüber hinweggekommen. Nur an warmen Tagen, wenn die Fenster der Patientenzimmer offen standen und das Weinen eines Kindes in den Botanischen Garten getragen wurde, brach der alte Schmerz von Neuem auf. In diesen Augenblicken hätte sie sich am liebsten die Ohren zugehalten und wäre davongerannt.

Sie drehte sich zu Wichtel um und ging weiter an den Gewächshäusern und dem Glashaus mit den fleischfressenden Pflanzen vorbei. »Du gehst zu Frauen? Vergiss die Peitsche nicht!« Ein selten dummer Spruch, auch oder gerade, weil er von Nietzsche stammte. Der große Denker schien ebenfalls kein Glück bei den Damen gefunden zu haben. Hätte er sonst so bitter geurteilt? Hoffentlich war es Marcus in Marburg vergönnt gewesen, sein Herz zu verschenken. Was war die erfolgreichste Karriere wert, wenn man abends allein in seinen Kissen lag?

43

Karl-Dieters Frühstückskünste waren legendär. Selbst an stinknormalen Wochentagen gab er sich Mühe, den Küchentisch appetitlich zu decken. Für Mütze zauberte er eine Audi-Schnitte, eine Toastscheibe, belegt mit vier Salamischeiben, die aussahen wie das Logo des Ingolstädter Autokonzerns. Er selbst legte frisch aufgeschnittene Apfelscheiben zurecht und stellte eine Schüssel Müsli daneben, das über Nacht im Kühlschrank herangereift war. Dazu gab es Kaffee für Mütze und für ihn selbst einen grünen Tee, der auf einem Porzellanstövchen vor sich hin dampfte. Es war kurz vor sieben, als Mütze verschlafen durch die Tür schlurfte, wie immer in T-Shirt und Boxershorts.

»Morgen, Knuffi!«

»Morgen, Mütze!«

Schweigend setzte sich der Kommissar und biss krachend in den Audi-Toast.

»Du, Knuffi …«, brummte er schmatzend.

»Ja, Mütze?«

»Ach, nichts.«

Karl-Dieter goss sich Tee ein. Er wusste, was Mütze

durch den Kopf ging. »Sie hat ihn nicht umgebracht, niemals«, betonte er mit Gewissheit in der Stimme.

»Was macht dich da so sicher?«, brummte Mütze.

»Überleg doch mal: Wenn sie ihn wirklich ermordet hätte, dann wäre sie doch niemals zur Gerichtsmedizin gegangen, um ihn noch einmal zu sehen.«

Mütze nickte kauend, was Zustimmung bedeuten konnte.

»Sie hat ihn vor dem Mord getroffen und geküsst«, sagte Karl-Dieter.

»Wieso nicht danach?«

»Danach? Bist du verrückt?«

»Wäre doch möglich.«

»Mensch, Mütze! Wie viel verstehst du von der Psyche eines liebenden Menschen?«

Mit einer raschen Bewegung erhob sich Karl-Dieter und warf sich der Länge nach auf den Boden.

»Stell dir vor, du kommst nach Hause und ich liege tot vor dir in der Küche. Würdest du mich dann küssen?«

»Um Gottes willen, ne, niemals!«

Mühsam und mit verdrossenem Gesicht erhob sich Karl-Dieter. Zwar hatte er die Antwort erwartet, aber nicht auf diese brüske Art.

»Also gut«, sagte Mütze, »dann hat sie ihn also vor dem Mord geküsst. Warum hat er ihren Kuss nicht erwidert?«

»Woher weißt du das denn?«

»Krautwurst hat's rausgefunden.«

»Nun, dafür kann es ganz harmlose Gründe geben. Ein hingehauchter Abschiedskuss oder ein Kuss in großer Eile.«

Mütze nickte. Große Eile. Das könnte passen. Nüsslein hatte befürchtet, jemand könnte sie beobachten, und sich eilig von seiner Geliebten getrennt. Anschließend war er seinem Mörder in die Arme gelaufen, der ihn, unter welchem Vorwand auch immer, in die Höhle gelockt hatte. Eine Frage ging Mütze die ganze Zeit durch den Kopf. Zu dem Rendezvous hatte Ariane ihren pinken Lippenstift aufgelegt und auch, als sie sich in die Badewanne gelegt hatte, um zu sterben, bei ihrem Besuch in der Rechtsmedizin hingegen nicht. Morgenroth, der junge Kollege von Krautwurst, hatte ihre Lippen als hellrote Rosenlippen bezeichnet.

»Das heißt doch nichts. Wie gesagt, die meisten Frauen benutzen mehrere Lippenstifte«, entgegnete Karl-Dieter.

Mütze nickte und stopfte sich den Rest des Toastbrots in den Mund. Karl-Dieter war in solchen Fragen kaum zu widersprechen. Dennoch sagte ihm seine Nase, dass irgendetwas an dieser Version nicht stimmte. Und seine Nase hatte ihn selten getrogen.

»Ich muss los, Knuffi. Vielleicht bis heute Abend?«

»Wäre schön! Hab heute frei.«

44

Behutsam pickte Krautwurst mit einer Pinzette eines der kleinen Fliegeneier aus der Wunde. Die konstant warme Temperatur in der Sauna schien den Vermehrungszyklus von Drosophila tatsächlich zu beschleunigen. Der süßliche, leicht modrige Geruch, den die Leiche ausströmte, störte den Professor nicht. Er gehörte einfach dazu. Der Rechtsmediziner hatte das Ei gerade in eine kleine Aludose gelegt, als sein Handy klingelte. Es war Mütze.

»Jetzt gleich? Geht's auch in einer halben Stunde? Bin noch in der Sauna … Alles klar, bis später!«

Als er am Institut eintraf, wartete Mütze bereits auf ihn. Die Bitte des Kommissars erstaunte den Professor ein wenig. Dennoch half er gern. Natürlich, das sei kein Problem! Er würde ihm persönlich eine Probe mitgeben.

Darauf gingen die beiden Männer in den Keller und Krautwurst schloss den Sektionsraum auf. Routiniert zog er eine Bahre aus dem Kühlschrank und nahm das Tuch vom Gesicht der Leiche. Es war Ariane. Ohne lange zu zögern, fuhr er mit einem kleinen Glasspatel vorsichtig über ihre Lippen.

»Voilà«, sagte er und reichte Mütze die Probe.

Mütze dankte und verabschiedete sich.

»Ich halt Sie auf dem Laufenden!«, rief er Krautwurst zu, ehe er den Sektionssaal verließ.

45

Nach Osten ging die Fahrt, immer die Schwabach entlang. Mütze klappte die Sonnenblende hinunter. Das schöne Wetter schien anzuhalten. Für den Auftakt der Bergkirchweih morgen sagte der Wetterochs, Erlangens zuverlässigstes Wetterorakel, eitlen Sonnenschein voraus, was alle freute, bis auf den Alten, denn je wärmer die Temperaturen, desto höher der Alkoholkonsum mit den entsprechenden Folgen. Hinter Weiher verließ Mütze die Staatsstraße und bog nach rechts ab Richtung Kalchreuth. Bald musste der Manta eine Anhöhe hinaufklettern, bis das anmutige Kirschendorf erreicht war. Die roten Kracher wurden bereits geerntet, überall auf den Streuobstwiesen lehnten lange Holzleitern an den Bäumen. Bei der Gastwirtschaft *Drei Linden* bog Mütze in die Heroldsberger Straße ab. Nachdem er den kleinen Ort passiert hatte, ging es den Berg wieder hinunter auf Heroldsberg zu. Die *Schwanhäußer Industrie Holding* breitete sich vor dem Ortseingang aus. Der eindrucksvolle Mitarbeiterparkplatz bewies die Größe des Unternehmens. Lippenstifte für die Damen in aller Welt, dachte Mütze und grinste in sich hinein.

Die Empfangschefin stellte rasch eine Verbindung zum Labor her und sagte lächelnd zu Mütze: »Folgen Sie mir, Herr Kommissar, ich führe Sie zu Herrn Budweis!«

Hugo Budweis, der grauhaarige Chefchemiker, war sichtlich neugierig, was Mütze von ihm wollte. Mütze zog den Glasspatel mit dem Lippenstift aus der Tasche und erklärte den Grund seines Besuchs.

»Vermutlich kommt nicht viel dabei raus, also nur das Erwartbare, eben dass die Proben identisch sind. Ich möchte aber gerne auf Nummer sicher gehen, denn es ist in jedem Fall eine wichtige Information für uns.«

»Verstehe«, sagte Budweis, ohne zu verstehen, und nahm vorsichtig den Glasspatel. »Haben Sie einen Moment? Dann mach ich mich gleich an die Arbeit!«

Mütze war damit einverstanden. Sie betraten ein benachbartes Labor, in dem alles blitzte und glänzte. Im Zentrum stand eine hohe Maschine, an der unten eine Drehscheibe für Proben herausragte.

»Der Injektor, die Trennsäule im GC-Ofen, der Detektor«, erklärte der Chemiker, während er auf das Gerät deutete. Er nahm den Glasspatel mit der pinken Lippenstiftprobe und begann, in einem Kolben zu rühren, in dem sich eine Flüssigkeit befand. »Das Lösungsmittel«, kommentierte er. Anschließend griff er nach einer Spritze, zog etwas von dem Gemisch auf und spritzte es durch eine Membran in einen verschlossenen Eppendorf-Cup, ein kleines Gefäß, das er in eine

Öffnung der Drehscheibe stellte. Mit einem Knopfdruck setzte er die Scheibe in Gang.

»So, jetzt läuft alles automatisch ab. Das Trägergas transportiert die Lippenstiftreste in die Trennsäule im Ofen. Nach der Erwärmung werden die aufgetrennten Einzelbestandteile durch das Lichtspektrum identifiziert. Dauert normalerweise eine halbe Stunde, unser Zaubergerät hier schafft das in wenigen Minuten.« Der Stolz war dem Chemiker deutlich anzumerken. Er warf einen Computer an, der neben dem Gaschromatografen stand, und hämmerte etwas in die Tasten.

»Schauen Sie, Herr Kommissar, das ist das Analyseergebnis der Vergleichsprobe, die mir Professor Krautwurst geschickt hat.«

Mütze beugte sich vor und nickte. So sah es also aus, wenn man einen Lippenstift in seine Einzelbestandteile zerlegte. Übereinander angeordnet waren verschiedene rote und bläuliche Farbstreifen zu sehen, die einen breiter, die anderen schmäler.

»Einzigartig wie ein Fingerabdruck«, sagte Budweis.

Es machte »kling!«. Der Chemiker hämmerte erneut auf den Tasten herum, worauf die frische Chromatografie auf dem Bildschirm erschien. Mit gekonnten Cursorbewegungen schob Budweis den Streifen direkt neben die Vergleichsprobe. Mütze war enttäuscht. Die Streifen wirkten vollkommen identisch.

»Irrtum, sie sind es nicht«, sagte Budweis und seine Knopfaugen blitzten. »Sehen Sie diesen kleinen blauen Strich?«

Mütze kniff die Brauen zusammen. Tatsächlich!

Zunächst hatte er ihn übersehen, vermutlich weil er so zart war. Nun sah er, was Budweis meinte. Der zarte blaue Streifen fehlte auf der Vergleichsprobe.

»Was hat das zu bedeuten?«, fragte er den Chemiker.

»Moment«, sagte Budweis.

Noch einmal scrollte er und gab verschiedene Befehle ein. Schließlich erschienen auf der rechten Hälfte des Bildschirms weitere bunte Streifen. Alle sahen sich absolut ähnlich. »In den Details unterscheiden sie sich. Achten Sie wieder auf den zarten Blaustrich. Die erste Probe, die von Krautwurst, ist identisch mit dem Lippenstift *Pink Blossom*, den wir für die Firma Giverlain herstellen. Die zweite Probe ist von dem gleichen Lippenstift, ebenfalls *Pink Blossom*, aber bereits mit der neuen, leicht veränderten Rezeptur, dem blauen Strich.«

»Was bedeutet das?«

»Gelegentlich verändern wir bei eingeführten Produkten das Rezept aus unterschiedlichen Anlässen. Verfügbarkeit von Rohstoffen, Kostengründe, ökologisch bessere Alternativen ... Die Änderungen sind marginal, der Kunde merkt nichts davon, die Farbe ist die gleiche.«

»Sie wollen sagen, die Lippenstifte sehen genau gleich aus und tragen denselben Namen, haben aber unterschiedliche Inhaltsstoffe?«

»Nur in winzig kleinen Details, wie gesagt, aber wir können sie unterscheiden.«

»Der alte Lippenstift, also der erste, der von Krautwurst ...«

»Wird nicht mehr hergestellt, nur noch der mit der neuen Rezeptur, also mit der, die wir hier sehen.«

»Ich danke Ihnen. Sie haben mir sehr geholfen!«

»Gerne! Eine kleine Bitte nur …«

»Welche?«

»Bitte erzählen Sie nicht rum, dass die Edelstifte aus der Produktion unseres Hauses stammen. Sie wissen schon, Kundinnen könnten in solchen Fragen etwas empfindlich reagieren …«

»Ey, ey«, erwiderte Mütze lachend.

Klar, die Dame von Welt ging davon aus, dass ihr teurer Stift aus Paris stammte, frisch von den Champs-Elysées womöglich. Vermutlich würde sie ziemlich verschnupft reagieren, wenn sie hörte, dass der Lippenstift in Wahrheit in einem Kaff am Rand der Fränkischen Schweiz zusammengerührt worden war.

46

Den Rückweg nahm Mütze wie Michael Schumacher an seinen besten Tagen. Während er durch Kalchreuth bretterte, telefonierte er mit Big-Chip. Der Kollege brauchte ein Weilchen, bis er verstand. »Okay, okay … ein neuer Lippenstift. Was ist daran verdächtig? Den alten wird sie aufgebraucht haben. Da hat sie zunächst einen roten Ersatzstift benutzt, den roten, den sie bei der Leichenschau getragen hat, und danach hat sie sich einen neuen in Pink besorgt.«

»Nach der Schocknachricht? Nachdem sie im Keller der Rechtsmedizin die Leiche ihres Geliebten betrauert hat? Da stürzt sie als Erstes los, um sich einen neuen Lippenstift zu kaufen?« Mütze lachte grimmig und riss zugleich das Steuer herum. Um ein Haar hätte er eine Henne platt gefahren, gackernd stob sie davon. Nein, nein, der neue Lippenstift musste eine andere Bedeutung haben. Sollte er sie auf die falsche Fährte führen? Rasch verabschiedete er sich von Big-Chip und rief Krautwurst an.

Der Professor war begeistert, als er von dem Laborergebnis erfuhr.

»Können Sie feststellen, ob der Lippenstift bei Ariane Schlehbusch auch nur oberflächlich aufgetragen worden ist? Okay … danke!«

Ab an die Arbeit! Er würde die Erlanger Drogerien abklappern. So viele dürfte es nicht geben, die infrage kamen. Immerhin handelte es sich bei dem Stift um eine absolute Edelmarke. *Pink Blossom* von Giverlain. Wo sollte er anfangen? Wenn ihm jemand einen Tipp geben konnte, dann …

47

Karl-Dieter war gerade dabei, mit Lorenzo Sebaldus, dem Darsteller des Dorfrichters Adam, einen weiteren Versuch an der Töpferscheibe zu wagen. Als Mütze anrief und nach der teuersten Drogerie Erlangens fragte, errötete er hoffnungsfroh. Er verstand die Frage des Freundes falsch. Spontan zählte er ihm die infrage kommenden Geschäfte auf: »Zoephel, CB, also der ehemalige Höfer, eventuell noch Douglas, das war's eigentlich.«

»Firma dankt, Knuffi!«

Als Erstes hielt Mütze vor dem CB. Zum Glück hatte er ein Foto des Lippenstifts auf seinem Smartphone, sodass er keine langen Worte machen musste. Die rothaarige Verkäuferin sah es prüfend an und schüttelte unmerklich den Kopf. Sie konnte sich nicht daran erinnern, einen solch auffälligen Stift verkauft zu haben, nicht in den letzten Tagen.

»Vielleicht eine Kollegin …«, sagte sie. »Warten Sie, das haben wir gleich.«

Darauf gab sie die Modellnummer in den Kassencomputer ein.

»Tut mir leid, *Pink Blossom* haben wir zuletzt vor drei Wochen verkauft.«

Mütze dankte und eilte hinaus. Die nächste Parfümerie war Zoephel in der Friedrichstraße. Erneut sagte der Kommissar seinen Spruch auf und hielt der Verkäuferin das Foto mit dem Lippenstift hin. Dieses Mal hatte er Glück. Die Verkäuferin, eine lebenserfahrene Frau mit grün geränderter Brille, konnte sich tatsächlich erinnern, einen solchen Stift verkauft zu haben.

»*Pink Blossom* können nur wenige tragen«, sagte sie mit einem leichten Lächeln.

»Können Sie sich an die Käuferin erinnern?«, fragte Mütze, zugleich fingerte er in seiner Westentasche. »War es diese Frau?«

»Bedaure«, entgegnete die Verkäuferin, während sie das Foto von Ariane Schlehbusch betrachtete. »Das war sie ganz sicher nicht. Die Kundin war älter. Eine elegant gekleidete Erscheinung, Trenchcoat, Brille mit getönten Gläsern ...«

Mütze griff erneut in seine Jacke: »Ist sie das?«

»Ja! Das ist sie!«

48

Das Riesenrad drehte sich. Wahrscheinlich machte es eine Proberunde für morgen, den Start der großen fränkischen Sause. Der Aufbau der Fahrgeschäfte für die Bergkirchweih nahm volle zwei Wochen in Anspruch und vergrößerte das Erlanger Verkehrschaos regelmäßig. Straßensperrungen waren nicht zu vermeiden. Umleitungen wurden notwendig und auf der Suche nach Ersatzparkplätzen kurvten viele frustriert durch die Innenstadt. Mütze bahnte sich mit viel Gehupe seinen Weg.

Claudia van der Vaart war sofort an ihr Handy gegangen. Ihre Stimme hatte wie immer geklungen, kühl und abgeklärt. Sicher könne sie zur Polizeiinspektion kommen, warum nicht?

Mütze trommelte auf dem Lenkrad herum. Ob sie ihre Contenance verloren hätte, wenn er eine Andeutung gemacht hätte, worum es ging? Sie hatten sie am Wickel, die Indizien sprachen für sich. Was für eine Geschichte! Und letztlich ein so schlichtes Motiv: Eifersucht, nichts anderes. Wann Claudia van der Vaart wohl hinter das Doppelleben ihres Mannes gekommen war?

Es konnte noch nicht lange her sein. Vermutlich war ihr das zweite, geheime Handy in die Hände gefallen, das mit dem Liebesgeflüster der beiden. Die Konversation wird sie ins Mark getroffen haben. Was hatte sie nicht alles für ihren Mann getan, und nun das! Das war mehr als eine einfache Affäre, das war ein Verrat an ihrem gemeinsamen Leben. Alles hatte sie getan, um ihren Mann zu protegieren. Nie hatte sie lockergelassen, hatte ihn gedrückt und geschoben, wenn er mal wieder an sich gezweifelt und alles liegen gelassen hatte. Vermutlich hatte sie manche Arbeit für ihn zu Ende geführt, vielleicht sogar den größten Teil für ihn verfasst. Für ihn, immer nur für ihn! Für ihren Jungen, ihren Mann. Damit er erreichte, was ihr verwehrt worden war in dieser männerdominierten Welt. Welche Entbehrungen hatte sie auf sich genommen, welche Opfer hatte sie gebracht? Und nun, als sie sich nach vielen harten Jahren am Ziel wähnte, platzten mit einem Schlag alle ihre Träume. Eine andere, eine Jüngere sollte die Trauben ernten. Den Gedanken hatte sie nicht ertragen. So hatte sie erst ihren Mann erledigt, den undankbaren Schuft, und danach seine Geliebte. Sie war so raffiniert vorgegangen, dass Ariane für die Mörderin gehalten wurde und ihr Tod wie ein Selbstmord aussah.

Mütze hupte einen Lieferwagen zur Seite. Was fehlte, war der endgültige Beweis, Fingerabdrücke auf dem Lippenstift etwa. Um solche Spuren zu hinterlassen, war die gute Frau Doktor wohl zu schlau. Alles kam nun auf die richtige Vernehmungstechnik an. Nichts war so sexy wie ein Geständnis. Und wenn sie's richtig anstellten, würde es nicht mehr lange dauern, bis es ihr über die Lippen rutschte.

Big-Chip war gespannt wie die Saite einer Gitarre. In aller Kürze informierte Mütze ihn über das Wichtigste. Sie wollten die Vernehmung gemeinsam durchziehen. Zu diesem Zweck gab es ein spezielles Zimmer. In ihm stand nichts als ein einfacher Tisch mit Stühlen, keine Deko an den Wänden, keine Fenster, keine Schränke, nichts. Der Raum war nüchterner als Karl-Dieter am Karfreitag, pflegte Mütze zu spotten. Die sparsame Möblierung hatten Polizeipsychologen als wirksames Mittel zur Beschleunigung des Redeflusses empfohlen.

Es klopfte an der Tür. Es war Susi, ihre Sekretärin.

»Frau van der Vaart ist da.«

Mützes Augen blitzten. »Alles klaro, Big-Chip?«

»Alles klaro, Mütze.«

»Auf in den Kampf!«

49

Kühl und distanziert grüßte Claudia van der Vaart zurück. Ohne weiter nachzufragen, nahm sie auf dem Stuhl im Vernehmungszimmer Platz. Sie hatte Big-Chips Angebot, den Mantel abzulegen, dankend abgelehnt. Ebenso behielt sie ihre spiegelnde Sonnenbrille auf. Schön wirkte die Frau und sehr stolz. Es würde wohl nicht lange dauern, bemerkte sie, sie sei nämlich verabredet.

Mütze konnte sich denken, mit wem. Diesem Weißschopf vermutlich, der grauen Eminenz aus Marburg. Welche Rolle der Typ wohl spielte? Er würde ein Weilchen warten müssen, das stand fest.

»Sie tragen einen roten Lippenstift«, begann Mütze die Vernehmung.

»Richtig beobachtet«, erwiderte die Wissenschaftlerin knapp. »Ist Rot etwa strafbar?«

»Keineswegs, keineswegs«, beeilte sich Mütze zu sagen. »Es wundert mich nur, weil Sie sich doch gerade erst einen pinken Lippenstift besorgt haben.«

Für einen kurzen Moment wirkte die Philosophin verunsichert, jedoch fing sie sich rasch. »Wir leben in einem freien Land. Ist es verboten einzukaufen?«

»Sie geben zu, sich einen pinken Lippenstift besorgt zu haben?«

»Ja natürlich? Warum sollte ich es leugnen?«

»Okay. Sie haben den pinken Stift sicher dabei.«

»Nein, wieso?«

»Dann haben Sie sicher nichts dagegen, wenn wir zusammen zu Ihrem Hotel fahren und Sie uns den Stift zeigen.«

Bei diesen Worten veränderte sich Claudia van der Vaarts Gesichtsausdruck. Ein nervöses Zucken riss an ihren Lippen. Zunächst sah es so aus, als wollte sie etwas sagen, dann kniff sie den Mund zusammen.

»Sie schweigen«, stellte Mütze fest.

»Sie schweigen, weil sich der Lippenstift nicht mehr in Ihrem Besitz befindet«, ergänzte Big-Chip.

»Wir können Ihnen weiterhelfen, falls Sie ihn vermissen«, sagte Mütze. »Er befindet sich in einem Hotelzimmer in Kosbach. Und die Frau, die dort wohnte, ist tot.«

50

»Auf die Gesundheit, die Herren!«

»Auf die Gesundheit!«

Mütze und Karl-Dieter saßen unter dem lauschigen Blätterdach der hohen Buchen. Von der Kuppe der Anhöhe aus hatte man einen weiten Blick über den Aischgrund. Der Laufer Keller unweit von Adelsdorf war einer von Big-Chips Lieblingskellern und auch Mütze und Karl-Dieter hatten sich gleich in den Ort verliebt.

»Man sollte zum Abendessen immer auf einen Hügel steigen«, meinte Mütze, als Big-Chip mit den Bierkrügen kam.

»Das ist der Kelte in dir«, erwiderte Karl-Dieter lachend.

Er war begierig zu erfahren, auf welche Weise die beiden den Fall gelöst hatten, wusste aber, dass zuvor mindestens ein Bierchen gekippt werden musste. Etwas Geduld war vonnöten, bis es endlich so weit war. Die Krüge waren geleert, und als Mütze mit einer weiteren Runde vom Ausschank zurückkam und sie erneut anstießen, bemerkte Karl-Dieter so beiläufig wie möglich: »Eifersucht also.«

»Bingo«, erwiderte Mütze und sein Gesicht sah sehr zufrieden aus.

»Als sie merkte, dass alles Leugnen zwecklos war, wurde Frau Philosophin plötzlich sehr menschlich«, sagte Big-Chip. »Als falsche Schlange hat sie die Doktorandin ihres Mannes beschimpft, als eine Frau, die ihr Leben zerstört hat.«

Karl-Dieter nickte, als würde er verstehen. Die Falten auf seiner Stirn verrieten, dass ihm diese Begründung nicht reichte. Natürlich war es schmerzlich zu erkennen, dass man betrogen worden war. Aber deshalb gleich zur Mörderin zu werden?

Big-Chip stieß Mütze verstohlen in die Rippen: »Wollen wir's ihm vorspielen?«

Mütze blickte sich um und nickte. Sie saßen weit genug von den anderen Kellergästen entfernt, keiner würde etwas mitbekommen. Also zog er sein Smartphone aus der Jacke, wischte auf ihm herum und legte es vor Karl-Dieter auf den Biertisch. Das Standbild zeigte das Vernehmungszimmer aus erhöhter Perspektive, links waren Mütze und Big-Chip zu sehen, ihnen gegenüber Claudia van der Vaart. Mütze schob den Lautstärkeregler etwas zurück und ließ das Video laufen.

In sich zusammengesunken hörte man die Witwe sprechen, mal langsam und stockend, dann wieder mit schneller, sich fast überschlagender Stimme. »Es gibt einen Grad an Enttäuschung, ab da kann man nicht mehr zurück, da ist man es sich schuldig zu reagieren, einzugreifen in ein Schurkenstück, dessen einziges Opfer man selbst ist. Ja, ich habe ihn getötet, Marcus, meine Schöpfung, meine Kreatur. O ja, das ist er gewesen! Als ich ihn kennenlernte, als er zu uns nach Marburg kam, war er ein Nichts, intelligent und begabt zweifellos, aber doch eine Null darin, etwas aus seinem Talent zu machen. Er war ein Zauderer, ein ewiger Zweifler, der nicht an sich glaubte. Das verstehen Sie vielleicht nicht, aber genau so ist es gewesen. Zu nichts hätte er es gebracht in der wissenschaftlichen Welt, wenn ich nicht gewesen wäre. Mir war es nicht vergönnt, die Karriere zu machen, die mir zugestanden hätte – die Netzwerke der alten weißen Männer haben das verhindert. Da hat das Schicksal mir Marcus geschickt, als ich schon fast resignieren wollte, diesen scheuen, unsicheren Jungen. Ich nahm ihn bei der Hand und er fasste Vertrauen zu mir. Es war, als hätten wir uns gesucht und gefunden. Was ihm fehlte, das besaß ich, Ehrgeiz vor allem und Durchsetzungsvermögen. Was er mir voraushatte: Er war so wunderbar jung, ihm stand die Zukunft offen. Anfangs war er nur eine Affäre, ich war realistisch genug, mir keine Dauer davon zu versprechen. Doch dann wurde mehr daraus, und in mir reifte der Gedanke, aus Marcus etwas zu machen. Er sollte vollenden, was mir versagt worden war. Zusammen sind wir eingetaucht in die Gedankenwelten Nietzsches, haben Leben und Werk durchforstet und in Beziehung gebracht. Wir wurden zu einem Gespann, zu einem Tandem, bei dem ich am Lenker saß. Wer hat all seine Artikel geschrieben und – wenn nicht geschrieben – ihm mindestens die Anregungen dazu gegeben? Wer hat ihn gedrängt und geschoben, wenn er wieder einmal nicht fertig wurde, wenn wieder eine Arbeit liegen blieb? Ohne mich wäre er auf der ganzen Linie gescheitert, hätte es nicht über den Assistenten hinausgeschafft. Sein Arbeitsvertrag wäre höchstens einmal verlängert worden, anschließend hätte er die Uni verlassen müssen. Nach und nach stellte sich dank meiner Hilfe der Erfolg ein. Man nahm ihn wahr, nahm ihn ernst. Er reifte zusehends, legte seine Unsicherheit ab, vertrat seine Meinung immer selbstbewusster, fing an, an sich und seine Fähigkeiten zu glauben, und die anderen, seine Lehrer, kauften es ihm ab. Oh, ich Idiotin! Ich war so dumm. Wieso habe ich nicht gemerkt, dass er mich betrogen hat? Ich war mit Blindheit geschlagen. Über kleinere Ungereimtheiten sah ich am Anfang hinweg, belog mich selbst, wollte es nicht wahrhaben. Ich war mir seiner zu sicher, besonders, als der Lehrstuhl in Erlangen winkte, der Stadt, in der Nietzsches Denken so entscheidend beeinflusst worden ist. Was für eine Chance! Ein Philosophen-Paar aus Marburg erobert den Schelling-Lehrstuhl …«

»Nur Schüpferling war Ihnen noch im Weg.«

»Ach, Schüpferling, das Lichtlein! Das habe ich rechtzeitig ausgeknipst.«

Zu Karl-Dieters Enttäuschung stoppte Mütze das Video. Ein Pärchen hatte an dem Tisch hinter ihnen Platz genommen.

»Schüpferling?«, flüsterte Karl-Dieter.

»Kandidat Nummer eins für die Schelling-Professur. Ein Plagiatsjäger hat ihm wissenschaftliche Täuschungen nachweisen können. Zunächst dachten wir, Nüsslein steckt dahinter, doch es ist seine Frau gewesen«, sagte Mütze und griff zu seinem Krug.

»Sie habe ihren Mann nicht damit behelligen wollen«, fuhr Big-Chip fort. »Unter der Schale des neu gewonnenen Selbstbewusstseins habe er heimlich weiter unter Skrupeln und Selbstzweifeln gelitten. Niemals hätte er es fertiggebracht, Schüpferling seine Betrügereien nachzuweisen.«

»Auch das hat sie zugegeben?«

»Das und noch viel mehr«, sagte Mütze und wischte sich den Mund trocken.

Unvermittelt ertönte hinter ihnen ein lautes Hallo. Das Pärchen, das dort gesessen hatte, begrüßte vorbeikommende Freunde und stand auf, um sich zu ihnen zu setzen. Karl-Dieter sah es mit Freude. Die Videoaufzeichnungen waren spannender als die Erzählungen von Mütze und Big-Chip. Und Mütze ließ sich tatsächlich ein zweites Mal erweichen. Erneut schob er Karl-Dieter sein Handy hin und startete die Aufnahme.

Man hörte Mütze sprechen: »Ihr Mann hatte für Erlangen andere Pläne. Pläne, in denen Sie keine Rolle mehr spielten.«

»Dieser Schuft«, zischte die Witwe und ihr Gesicht wurde kalkweiß.

»Wie und wo haben Sie davon erfahren, dass er Sie betrügt?«

»Erst hier in Erlangen. Wir sind einige Tage früher angereist. Ich bekam zufällig Bruchstücke eines Telefonats mit. Auf dem Weg zum Frühstück bin ich noch einmal ins Hotelzimmer zurückgegangen. Als ich vor der Tür stand und meine Karte suchte, hörte ich, wie er lachte und sich verabredete. Da bin ich misstrauisch geworden. Als er abends kurz wegwollte, angeblich in die Universitätsbibliothek, bin ich ihm heimlich hinterher. Er stieg in ein Taxi, ich nahm das nächste, fuhr mit Abstand hinterher.«

»Wohin ging die Fahrt?«

»Nach Kosbach.«

»Zum Hotel Polster.«

»Genau. Unschlüssig blieb ich auf der Straße stehen, nachdem ich ihn im Hotel hatte verschwinden sehen. Dann bin ich seitlich um das Haus herum. Es war schon dunkel. In einem der oberen Zimmer brannte Licht. Vor dem Fenster sah ich die Silhouetten zweier Menschen, einer Frau und eines Mannes. Sie umarmten und küssten sich. Der Mann war Marcus.«

An dieser Stelle versagte der Witwe die Stimme. Mütze schenkte ihr ein Glas Wasser ein.

»Und dann?«, fragte er, nachdem sie hastig einen Schluck genommen hatte.

»Ich blieb wie angewurzelt stehen, gelähmt, unfähig, irgendetwas zu tun, unfähig, einen klaren Gedanken zu fassen. Ich weiß nicht, wie lange ich dort gestanden habe. Nach einer Weile sah ich, wie die beiden aufbrachen und das Zimmer verließen. Ich bin durch einen Seiteneingang ins Hotel und zu dem Zimmer hinaufgegangen. Es war nicht schwer zu finden, es war das letzte Zimmer auf dem Gang. Ich merkte mir die Zimmernummer, schlich mich hinunter zur Rezeption. Zum Glück war sie gerade nicht besetzt. Ich schnappte mir den Schlüssel vom Brett und lief wieder hinauf. Ich musste mir Gewissheit verschaffen, verstehen Sie? Ich musste wissen, wer die Frau war. Wie ich das Zimmer betrat und das Licht anschaltete, wurde mir mit einem Schlag alles klar. Ich erkannte den Mantel an der Garderobe. Er gehörte Ariane.«

»Und wie ging es weiter?«

»Wut stieg in mir auf. Mich mit seiner Doktorandin zu betrügen! Diesem dummen, nichtssagenden Ding.«

Karl-Dieter sah betroffen, wie die Frau zu zittern begann.

»Sie fassten einen Plan«, sagte Mütze.

Eine Weile herrschte Schweigen. Nach einigen Atemzügen strich Claudia van der Vaart sich über die Stirn und begann erneut zu sprechen.

»Ich ging ins Bad und schnappte mir ihren Lippenstift. Den Rest können Sie sich zusammenreimen.«

»Tags drauf lockten Sie Ihren Mann in den Botanischen Garten, in die Neischl-Grotte. Wie sind Sie hineingelangt?«

»Das war nicht schwer. Ich kannte das Schlüsselversteck von unserem letzten Besuch in Erlangen, als ich mir mit einer Führung durch den Botanischen Garten die Zeit vertrieben habe.«

»Warum die Höhle?«

»Das Höhlengleichnis von Platon, damit habe ich ihn hineingelockt. Die Welt der Schatten …«

Zu Karl-Dieters Enttäuschung hielt Mütze das Video an und steckte das Smartphone wieder ein. Dabei hatte sich kein weiterer Gast genähert.

»Das war das Wichtigste in Kürze«, sagte Mütze.

»Sie hat ihren Mann erschossen und ihm danach Ariane Schlehbuschs Lippenstift auf die Lippen geschmiert?«

»Genau. Um ihr die Tat in die Schuhe zu schieben. Oh, Claudia van der Vaart ist nicht dumm. Sie musste davon ausgehen, dass wir DNA-Spuren sichern würden. Außerdem sind pinke Lippen Ariane Schlehbuschs Markenzeichen gewesen.«

»Woher hatte sie die Pistole?«

»Hat sie sich von ihrem Vertrauten besorgt, einem Kollegen aus Marburg, einem eindrucksvollen Weißschopf, der sie offensichtlich verehrt.«

»War er eingeweiht in die Tat?«

»Das bestreitet sie. Sie hätte einen Vorwand benutzt, hätte gesagt, dass sie sich von einem der Konkurrenten ihres Mannes bedroht fühle.«

»Und warum musste die Doktorandin sterben?«

»Ariane Schlehbusch war misstrauisch geworden. Sie hatte in ihrem Bad eine auffällige goldene Paillette gefunden, die sich von Claudia van der Vaarts Handtasche gelöst haben musste, als sie heimlich im Hotelzimmer war. Die Doktorandin kannte die Handtasche, da hat sie sich alles zusammengereimt. Mit einem Mal ergab das Verschwinden ihres Lippenstifts Sinn.«

Karl-Dieter bekam große Augen. »Sie erkannte, dass Claudia van der Vaart hinter ihr Verhältnis gekommen war? Dass sie ihren Geliebten ermordet hatte und ihr die Tat in die Schuhe schieben wollte?«

»Sie ist sich letztlich wohl noch unsicher gewesen, hatte Zweifel. Als sie Claudia van der Vaart angerufen hat, hat diese ihr angeboten, sich bei ihr im Hotel zu treffen, um alle Vorwürfe auszuräumen.«

»Und hat sie mit Barbituraten getötet.«

»Die hat sie ihr wohl heimlich in einen Drink gemischt.«

»Warum die Badewanne?«

Mütze zuckte die Achseln. Die Sache begriff er selbst nicht. Das wenigstens hätte sie sich sparen können. Dass ein Selbstmord glaubhafter wirkte, wenn er in der Badewanne geschah, war völlig abwegig. Zwanghaft drängte sich das Bild der sich auf dem Wasser kringelnden Haare vor seine Augen. Rasch nahm er einen weiteren Schluck.

»Ein wichtiges Detail fehlte noch für den perfekten Mord«, bemerkte Big-Chip.

»Welches?«, fragte Karl-Dieter.

»Der pinke Lippenstift. Claudia van der Vaart hatte an alles gedacht. Sie wusste, wir würden den Lippenstift im Bad der Toten vermissen. Den Original-Lippenstift besaß sie nicht mehr, den hatte sie nach dem Mord an ihrem Mann in die Schwabach geworfen. Vor der Ermordung ihrer Konkurrentin hat sie für Ersatz sorgen müssen.«

»Und der Toten noch rasch die Lippen geschminkt«, ergänzte Mütze.

Karl-Dieter schüttelte den Kopf. Wie durchtrieben, wie raffiniert! Was für ein Gewirr von Gefühlen und welche Coolness zugleich. Eine außergewöhnliche Frau war sie auf alle Fälle, aber auch eine zutiefst unglückliche. Sie hatte alles auf eine Karte gesetzt, ihren beruflichen Ehrgeiz und ihr privates Glück. Das ist ihr zum

Verhängnis geworden, hat sie ins vollkommene Nichts gestürzt. Karl-Dieter sah über den Aischgrund, über den sich die Sonne senkte. In roten Schlieren zerstoben die letzten Wolken. Gut, dass er und Mütze Privates und Berufliches sauber getrennt hielten. So blieb im Falle eines Falles doch immer noch ein Felsvorsprung, an den man sich klammern konnte, man drohte nicht, ins Bodenlose zu fallen. Obwohl … Konnte einem der Beruf wirklich über eine zerstörte Liebe hinweghelfen? Wer wusste das schon, bevor er nicht selbst eine solche Katastrophe hatte durchleiden müssen?

»Prost, Knuffi!«, sagte Mütze lachend und hob seinen Krug.

»Prost, Mütze«, entgegnete Karl-Dieter leise.

Big-Chip stieß mit ihnen an und sagte: »Nun kann der Berg kommen!«

»Dem Alten ist ein ganzer Felsklotz vom Herzen gefallen.«

»Jetzt heißt es wieder: Haltet den Krugdieb!«

»Und auf zur fröhlichen Jagd nach Wildpinklern!«

»Echte Herausforderungen eben.«

»Prost, die Herren!«

»Prost!«

Flieg, Vogel, schnarr
Dein Lied im Wüstenvogel-Ton! –
Versteck, du Narr,
Dein blutend Herz in Eis und Hohn!

Friedrich Nietzsche

DONNERSTAG

51

Der Morgen war frühlingsschön. Auf den Gräsern funkelten die Tautropfen im Licht der aufgehenden Sonne. Wichtel zog fröhlich an der Leine und bugsierte sein Frauchen zum Botanischen Garten. Maxis Stimmung war dennoch betrübt. Seltsam, sie verschwendete keinen Gedanken daran, wer ihren Jungen ermordet haben könnte. Sie war nicht fähig dazu, Hass zu empfinden. Was sie beschäftigte, waren einzig und allein die Erinnerungen an die Zeit, als Marcus bei ihr gelebt hatte. Ist allein das nicht ein Geschenk gewesen? Musste man nicht dankbar sein für jede Sekunde, in der man Verantwortung trug für einen Menschen, den man liebte? Auch die drei Tage, die ihr mit Jonathan vergönnt gewesen waren, mochte sie nicht missen, trotz all der Schrecken, trotz all des Leids. »Wäre dir doch die Schwangerschaft erspart geblieben«, hatte Doris nach dem Tod ihres Kleinen gemeint. Ach, Doris! Was verstand sie davon? War denn der Sinn unseres Daseins, so wenig Leid wie möglich zu verspüren? Wer jedes Leid vermeiden wollte, dem wurde doch auch jede Freude genommen. Und welche Freude hatte sie an jedem Tag ihrer

Schwangerschaft verspürt. Und genauso an jedem Tag, an dem Marcus in ihrem Haus zu Gast gewesen war. Einen Tag behielt sie besonders im Gedächtnis, trug ihn in ihrem Herzen wie einen großen Schatz. Marcus hatte sich einen Infekt eingefangen, eine fiebrige Grippe. Sie hatte ihn mit viel Tee und Umschlägen gesund gepflegt, das Fieber war aber noch einmal mit Macht zurückgekehrt. In einem der letzten Fieberschübe hatte er die entzündeten Augen geöffnet, hatte sich mühsam aufgerichtet und sie lange angeblickt. Dann hatte er geflüstert: »Muss ich sterben?«

»Aber nein, mein Junge«, hatte sie erschrocken geantwortet, worauf er beruhigt ins Kissen zurückgesunken war.

»Und wenn, dann ist's auch nicht schlimm«, hatte er gesagt. »Denn jetzt weiß ich, dass es einen Himmel gibt.«

ENDE

ANHANG

Die Geschichte der Erlanger Philosophie ist so alt wie die Friedrich-Alexander-Universität, die im Jahre 1743 von Bayreuth nach Erlangen verlegt wurde. Grund für den Auszug aus der Residenzstadt waren die ständigen Auseinandersetzungen zwischen den Soldaten des Markgrafen und seinen Studenten. Man munkelt, meist sei es um die hübschen Bayreuther Mädchen gegangen. Auf seine Soldaten wollte der Markgraf nicht verzichten, also mussten die Studenten in die Provinz umziehen. In Erlangen fanden sie eine neue Heimat.

Alle bedeutenden Erlanger Philosophen vorzustellen, würde den Rahmen des Buches sprengen. Für interessierte Leser aber seien drei Kapitel angefügt, die sich mit den in diesem Krimi erwähnten Philosophen beschäftigen. Das erste und ausführlichste Kapitel erzählt von Friedrich Nietzsches Einsatz im Deutsch-Französischen Krieg 1870/71, die weiteren Kapitel berichten von den beiden wohl einflussreichsten Philosophen, die in Erlangen gelehrt haben, von Johann Gottlieb Fichte und Friedrich Schelling.

FRIEDRICH NIETZSCHE ALS SANITÄTER IM DEUTSCH-FRANZÖSISCHEN KRIEG 1870/71

Friedrich Nietzsche war seit 1869 als Professor im schweizerischen Basel tätig. Nicht als Philosoph, sondern als Experte für die Sprachen des klassischen Altertums, für Griechisch und Latein. Gerade 24 Jahre alt ist er bei seiner Berufung gewesen, jünger als manch heutiger Student. Als nach wechselseitigen Provokationen aus einem heute banal erscheinenden Anlass Frankreich Deutschland den Krieg erklärte, fühlte sich Nietzsche verpflichtet, einberufen zu werden. Dabei war der junge Gelehrte alles andere als ein Freund des Krieges. Bei dessen Ausbruch hatte er einem Freund geschrieben: »Hier ein furchtbarer Donnerschlag: der französisch-deutsche Krieg ist erklärt, und unsre ganze fadenscheinige Kultur stürzt dem entsetzlichen Dämon an die Brust. Was werden wir erleben! Freund, liebster Freund, wir sahen uns noch einmal in der Abendröte des Friedens …«[1] Dass er sich dennoch entschied, ins Feld zu ziehen, lag sicher daran, dass so viele seiner ehemaligen Mitschüler die Uniform angelegt hatten. Er handelte aus Solidarität mit seinen Freunden.

Sein Basler Dienstherr stimmte seinem Einsatz zu, allerdings nur im Sanitätsdienst – die Schweizer Neutralität hat eine lange Tradition. Nietzsche nahm Urlaub und reiste mit dem Zug nach Deutschland. Ursprünglich wollte er sich in Leipzig zum Sanitäter ausbilden lassen, erfuhr aber unterwegs aus der Zeitung von einem Verein für Felddiakonie in Erlangen, der Krankenpfleger ausbilden ließ. Dieser Verein hatte sich auf Initiative eines evangelischen Theologen konstituiert, weil man die körperliche und geistliche Versorgung Verwundeter auf den Schlachtfeldern nicht allein den Orden der katholischen Kirche überlassen wollte. In Begleitung seiner Schwester Elisabeth und des Hamburger Kunstmalers Mosengel, den er erst wenige Tage zuvor im Maderanertal kennengelernt hatte, traf Friedrich Nietzsche am Samstag, dem 13. August 1870, in Erlangen ein. Quartier bezog er im ersten Haus am Platz, dem *Walfisch* (Calvinstraße, Nähe Bahnhof, später abgerissen und durch ein Bankgebäude ersetzt, heute ein Wohnhaus; Hinweistafel auf eine Übernachtung Goethes).

Ein Brief an Carl von Gersdorff, einen seiner besten Freunde, gibt die Eindrücke und Emotionen Nietzsches während seines Sanitätseinsatzes in Lothringen anschaulich wieder, all sein Leiden, all seine Nöte. Zuvor noch ein paar kurze Erläuterungen zum besseren Verständnis des Briefinhalts:

Als *Pförtner* redeten sich die Schüler der sächsischen Eliteschule in Pforta an, an der Friedrich Nietzsche als Stipendiat sein Abitur gemacht hatte.

Mit der gemeinsamen Weltanschauung, von der Nietzsche Gersdorff gegenüber spricht, ist die Philosophie Schopenhauers gemeint, die den jungen Denker stark beeinflusst hat. Während Kant das hohe Lied auf die Vernunft gesungen hatte, sah Schopenhauer mit seinem metaphysischen Pessimismus in der Vernunft lediglich eine Dienerin des irrationalen Weltwillens. Die Welt sei durch und durch schlecht, ein Jammertal voller Leiden, das Leben ein Pendel zwischen Schmerz und Langeweile. Nur durch die Mittel der Kultur könne es gelingen, das Leiden aufzuheben.

Mit *Turkos* sind afrikanische Soldaten gemeint, die im Dienste Frankreichs standen.

Von preußischen und nicht von deutschen Soldaten spricht Nietzsche, weil vor 1871 und der Gründung des Deutschen Reichs die deutschen Länder eigene Armeen entsandt hatten. Die Teilnahme der süddeutschen Staaten, welche auf die massive Intervention Bismarcks zustande gekommen ist, hatte den französischen Kaiser Napoleon III. auf dem falschen Fuß erwischt und maßgeblich zu dessen Niederlage und Gefangennahme beigetragen.

*

Brief von Friedrich Nietzsche an Carl von Gersdorff, 20. Oktober 1870, Naumburg

Mein lieber Freund,

dieser Morgen brachte mir die freudigste Überraschung und Befreiung von viel Unruhe und Beängstigung – Deinen Brief. Noch vorgestern wurde ich auf das Ärgste erschreckt, als ich in Pforta Deinen Namen mit zweifelnder Stimme aussprechen hörte: Du weißt, was jetzt dieser zweifelnde Ton zu bedeuten pflegt. Sofort requirierte ich vom Rektor eine Liste der gefallenen Pförtner, die gestern Abend bei mir eintraf. Sie beruhigte mich in einem Hauptpunkte. Sonst gab sie viel Trauriges. Außer den Namen, die du schon genannt hast, lese ich hier an erster Stelle Stöckert, dann von Oertzen (doch mit einem Fragezeichen), dann von Riedesel usw. in summa 16.

Alles, was Du mir schreibst, hat mich auf das Stärkste ergriffen, vor allem der treue, ernste Ton, mit dem Du von dieser Feuerprobe der uns gemeinsamen Weltanschauung sprichst. Auch ich habe eine gleiche Erfahrung gemacht, auch für mich bedeuten diese Monate eine Zeit, in der jene Grundlehren sich als festgewurzelt bewährten: man kann mit ihnen sterben; das ist mehr, als wenn man von ihnen sagen wollte: man kann mit ihnen leben. Ich war nämlich doch nicht in so unbedingter Sicherheit und Entrücktheit von den Gefahren dieses Krieges. Ich hatte bei meinen Behörden sofort den Antrag gestellt, mir Urlaub zu geben, um als Soldat meine deutsche Pflicht zu tun. Man gab mir Urlaub, aber verpflichtete mich auf Grund der schweizerischen Neutralität, keine Waffen zu tragen. (Ich habe seit 69 kein preußisches Heimatsrecht mehr.) Sofort reiste ich nun mit einem vortrefflichen Freunde ab, um freiwillige Krankenpflegerdienste zu tun. Dieser Freund, mit dem ich durch 7 Wochen alles gemeinsam gehabt habe, ist der Maler Mosengel aus Hamburg, mit dem ich Dich in Friedenszeiten bekannt machen muss. Ohne seinen gemütvollen Beistand hätte ich schwerlich die Ereignisse der nun kommenden Zeit überstanden. In Erlangen ließ ich mich von dortigen Universitätskollegen medizinisch und chirurgisch ausbilden; wir hatten dort 200 Verwundete. Nach wenigen Tagen wurden mir 2 Preußen und 2 Turkos zur speziellen Behandlung übergeben. Zwei von ihnen bekamen bald die Wunddiphtheritis, und ich hatte viel zu pinseln. Nach 14 Tagen wurden wir beide, Mosengel und ich, von einem dortigen Hilfsvereine ausgeschickt. Wir hatten eine Menge Privataufträge, auch erhebliche Geldsummen zur Besorgung an 80 früher ausgesandte Felddiakonen. Unser Plan war, in Pont-à-Mousson mit meinem Kollegen Ziemssen zusammenzutreffen und uns dessen

Zug mit 15 jungen Männern anzuschließen. Das ist nun freilich nicht in Erfüllung gegangen. Die Erledigung unserer Aufträge war sehr schwer, wir mussten, da wir keine Adressen hatten, persönlich in anstrengenden Märschen nach sehr unbestimmten Andeutungen hin die Lazarette bei Weißenburg, auf dem Wörther Schlachtfelde, in Hagenau, Luneville, Nanzig bis Metz durchsuchen.

In Ars sur Moselle wurden uns Verwundete zur Verpflegung übergeben. Mit diesen sind wir, da sie nach Karlsruhe transportiert wurden, wieder zurückgekehrt. Ich hatte 6 Schwerverwundete 3 Tage und 3 Nächte lang ganz allein zu verpflegen, Mosengel 5; es war schlechtes Wetter, unsre Güterwagen mussten fast geschlossen werden, damit die armen Kranken nicht durchnässt würden. Der Dunstkreis solcher Wagen war fürchterlich; dazu hatten meine Leute die Ruhr, zwei die Diphtheritis, kurz, ich hatte unglaublich zu tun und verband Vormittag 3 Stunden und abends ebenso lange. Dazu nachts nie Ruhe, bei den menschlichen Bedürfnissen der Leidenden.

Als ich meine Kranken in ein ausgezeichnetes Lazarett abgeliefert hatte, wurde ich schwer krank: sehr gefährliche Brechruhr und Rachendiphtheritis stellten sich sogleich ein. Mit Mühe kam ich bis Erlangen. Dort blieb ich liegen. Mosengel besaß die Aufopferung, mich hier zu

pflegen. Und das war nichts Kleines bei dem Charakter jener Übel. Nachdem ich mehrere Tage mit Opium- und Tanninklystieren und Höllensteinmixturen meinem Leib zugesetzt hatte, war die erste Gefahr beseitigt. Nach einer Woche konnte ich nach Naumburg abreisen, bin aber bis jetzt noch nicht wieder gesund. Dazu hatte sich die Atmosphäre der Erlebnisse wie ein düsterer Nebel um mich gebreitet: eine Zeitlang hörte ich einen nie enden wollenden Klagelaut. Meine Absicht, wieder auf den Kriegsschauplatz abzugehen, wurde deshalb unmöglich gemacht. Ich muss mich jetzt begnügen, aus der Ferne zuzusehen und mitzuleiden.
Ach, mein lieber Freund, welche Segenswünsche soll ich Dir zurufen! Wir beide wissen, was wir vom Leben zu halten haben. Aber wir müssen leben, nicht für uns. Also lebe, lebe, liebster Freund! Und lebe wohl! Ich kenne deine heldenmütige Natur. Ach, dass du mir erhalten bliebest. Treulich

Friedrich Nietzsche
(von morgen an in Basel)

Die traumatischen Erlebnisse auf den Schlachtfeldern, die furchtbaren Schreckensbilder des Krieges beeinflussten sein philosophisches Werk.[2] Nicht überliefert ist, ob Friedrich Nietzsche in der Hugenottenstadt seinem bedeutenden Kollegen, dem Dichter und Sprachwissenschaftler Friedrich Rückert, gedacht hatte, der fünfzehn Jahre in Erlangen gelehrt hatte und 1866, also vier Jahre zuvor, gestorben war. Als Schüler hatte Nietzsche Rückert sehr verehrt und dessen Gedicht *Aus der Jugendzeit* vertont.

JOHANN GOTTLIEB FICHTE

Ein Leben als Gelehrter war Johann Gottlieb Fichte (1762–1814) nicht in die Wiege gelegt. Als eines von zahlreichen Kindern eines armen Leinenwebers in Rammenau in der Oberlausitz geboren, musste er früh zum Familieneinkommen beitragen. Jeden Morgen zog er los, um an den Teichen die Dorfgänse zu hüten. Dass aus dem Gänsehirten einer der bedeutendsten deutschen Philosophen wurde, ist einem Zufall zu verdanken. Bei einem Besuch des Ortes wurde ein adeliger Herr Zeuge, wie sich die Dorfkinder in einem Spiel als kleine Prediger versuchten, wobei sich der kleine Johann Gottlieb besonders hervortat. Fasziniert von der rhetorischen Begabung des Leinenwebersohnes, vermittelte der Adelige den Jungen an ein kinderloses Pfarrerehepaar nach Meißen, wo das junge Talent die bekannte Stadtschule besuchte. So nahm das Gelehrtenleben seinen Anfang, wenngleich Fichtes Weg künftig ein steiniger werden sollte.

Als sein Gönner starb, musste Fichte sich als Hauslehrer durchschlagen, zunächst in Zürich, wo er seine spätere Frau kennenlernte, dann in Leipzig. In seinen

Mußestunden beschäftigte sich der junge Mann mit der Philosophie, wobei ihn die Schriften Kants maßgeblich beeinflussten, sodass er selbst anfing, zu philosophieren und seine Gedanken niederzuschreiben. *Der Versuch einer Kritik aller Offenbarung* war sein erstes Werk und es fand eine überraschend große Leserschaft. Auch in Weimar erkannte man sein Talent und unterbreitete Fichte das Angebot, an der Universität Jena zu lehren. 1794 kam er in die Saalestadt und machte sich einen Namen als Vertreter des Idealismus. Die steile Karriere endete nach fünf Jahren mit einem Knall: Man beschuldigte ihn – zu Recht oder zu Unrecht – atheistische Thesen zu vertreten, damals ein Todesurteil für jede Gelehrtenlaufbahn.

Fichte ging als Privatgelehrter nach Berlin, wo seine im häuslichen Rahmen abgehaltenen Vorlesungen viel Zuspruch erfuhren, bis in die höchsten Kreise. Besonders die Wissenschaftslehre faszinierte den Philosophen: Wie ist ein sicheres Urteil möglich? Woher wissen wir, was wir wissen? Was macht das Wissen zum Wissen? Auf diesem Weg entwickelte er seine eigene, höchst originelle Wissenschaftstheorie. In der preußischen Hauptstadt gab es damals noch keine Universität, auf dem Erbwege war Preußen jedoch die Universität Erlangen zugefallen. Weil der Hohenzoller Markgraf Alexander von Ansbach und Bayreuth keine Lust mehr aufs Regieren verspürt hatte, waren die fränkischen Markgrafschaften 1791 an die Berliner Verwandtschaft vererbt worden. Der erste Minister des Markgrafen übernahm eine führende Rolle in der Verwaltung der neuen Besitztümer. Karl August von Hardenberg, gebürtiger Ansbacher, setzte sich für Kultur und Bildung ein. Er sorgte dafür, die vor sich hin dümpelnde Universität Erlangen, die 1804 keine 200 Studenten mehr zählte, finanziell und personell aufzurüsten, nicht zuletzt durch die Berufung Johann Gottlieb Fichtes.

Fichte nahm den Ruf an und kam zum Sommersemester 1805 in die Hugenottenstadt. Wohnung bezog er an der Nürnberger Straße, in einem komfortablen Haus südlich der Stadtmauer, eine Tafel erinnert heute an ihn. Fichte hatte sich sorgfältig auf die neue Aufgabe vorbereitet. Bei so manchem Studenten traf der neue Philosophieprofessor allerdings auf wenig Gegenliebe. Einer von ihnen schrieb: »Er geht sehr langsam, hat alles ausgearbeitet, liest dieses vor und erläutert es dann an der Tafel durch Buchstaben und mit kleinen Exkursionen. Er ist bündig, präzis, klar im höchsten Grade, aber hart und abstoßend und behandelt die Zuhörer sehr schülermäßig. Ich fürchte, er stößt sehr ab und ermüdet. Statt dass er gleich einige wahre Nahrung geben sollte, gibt er Zügel und Gebiss …«[3] Die *Allgemeine Zeitung* aber verteidigte den Philosophen und erklärte den Hörerschwund auf ganz andere Weise: »Bei aller Lebendigkeit, Fülle, Kraft und Schönheit seines Vortrags ist Fichtes Lehre, seine hoch und tief greifende Philosophie keine Speise für den Alltagshaufen junger Studierender, die kaum am Vorhof des eigenen Verstandesgebrauchs angelangt sind.«[4]

Die Studenten waren unzufrieden und Fichte noch unzufriedener. Er suchte die Schuld für das Abbröckeln seiner Hörerschaft nicht bei sich, sondern bei der süddeutschen Lebensart, die mit Vorlesungen am späten Nachmittag nicht klarkäme: »Es zeigt sich ein tiefes Unvermögen, sich mit sich selbst zu beschäftigen, und eine Fülle von Flachheit und Langeweile an, wenn man, nachdem, so Gott will, um 12 Uhr das Mittagessen verzehrt ist, es nicht länger in der Stadt aushalten kann – und wenn Sie mir den Beweis führten, dass in Erlangen seit seiner Erbauung, ja in ganz Franken, ja ganz Süddeutschland, dies Sitte sei, so werde ich mich nicht scheuen, darauf zu antworten, dass demnach in Erlangen und in Franken und in ganz Süddeutschland die Flachheit und Geistlosigkeit ihren Sitz aufgeschlagen haben muss.«[5]

Nach Ende des Sommersemesters reiste Fichte am 14. September 1805 aus Erlangen ab. Eigentlich hatte er – trotz der beklagten fränkischen Flachheit und Geistlosigkeit – seine Lehrtätigkeit noch fortsetzen wollen, doch kam ihm Napoleon dazwischen und rückte auf deutschen Boden vor. Nach dem Sieg der Franzosen bei Jena und Auerstedt floh das preußische Herrscherhaus nach Königsberg – und mit ihm Johann Gottlieb Fichte. Die fränkischen Gebiete Preußens wurden französisch, die kurze preußische Episode der Universität Erlangen war Geschichte. Dennoch war der Aufenthalt Fichtes fruchtbar für die weitere Entwicklung der Wissenschaften in Deutschland. Seine Ausarbeitungen und Pläne für einen modernen Lehrbetrieb kamen der von Wilhelm von Humboldt maßgeblich protegierten Berliner Universität zugute, die 1810 den Lehrbetrieb aufnahm, die fortschrittlichste in Deutschland. Ihr erster Rektor hieß Johann Gottlieb Fichte.

FRIEDRICH WILHELM SCHELLING

Ein echter Star unter den Philosophen der Romantik war der gebürtige Schwabe Friedrich Wilhelm Schelling (1775–1854). Als er 1820 als Honorarprofessor ohne feste Lehrverpflichtung nach Erlangen kam, hatte er sich längst einen Namen gemacht. Die Erwartungen und die Neugier unter den Erlanger Studenten und Professoren waren riesig. Am 1. Dezember kam Schelling in der Hugenottenstadt an und wurde von den Studenten feierlich empfangen. Dem Dichter August Graf von Platen, der damals in Erlangen studierte, haben wir eine lebendige Schilderung der Atmosphäre rund um Schellings Vorlesungen zu verdanken. Platen schrieb seine Beobachtungen am 11. Januar 1821 in seinem Tagebuch nieder[6]:

> *Ich habe noch nicht von Schelling gesprochen, wiewohl er heute schon die vierte Vorlesung hielt. Ich scheute mich gleichsam, über einen so großen Gegenstand zu sprechen. Dieser außerordentliche Mann verbreitet ein reiches unabsehbares Leben über die ganze Universität. Sein erstes Kollegium hielt er den Vierten noch im*

Glückschen Hörsaale, der aber die Menge nicht fassen konnte. Er liest von fünf Uhr des Abends an bis sechs oder sieben Uhr. Lange vor fünf Uhr waren alle Bänke voll Sitzender und alle Tische voll Stehender. Das Gedränge an der Türe war so groß, dass sie ausgehoben wurde. Viele, die nicht mehr herein konnten, hielten die Gangfenster offen, um von außen her zuzuhören. Fast alle Professoren waren gegenwärtig. Endlich kam er, und die Eintrittsrede, die er hielt, bezog sich auf seine bisherigen Verhältnisse, auf seine in der Stille gepflogenen Forschungen in München und sein Verlangen, wieder öffentlich aufzutreten. Sodann begann er die Einleitung zu seinem Vortrage, den er als Initia universae philosophiae angekündigt. Er erklärte zuerst, was ein System sei und wiefern es notwendig und welche Forderungen man an dasselbe machen dürfe. Er schlug den Wert eines Systems aufs Höchste an, verwahrte sich aber besonders gegen alle Heraushebung des Einzelnen, ja – er ging darin so weit, zu behaupten, dass das Kriterium eines wahren Systems kein anderes sei als die Falschheit jedes einzelnen Satzes an und für sich, so wie beim menschlichen Organismus ein Glied kein Glied sein würde, wenn es für sich allein bestehen könnte.

In seinen Vorlesungen zur *Initia universae philosophiae* begann Schelling, eine Philosophie der Mythologie zu skizzieren, und gelangte auf diesem Weg zur Unterscheidung zwischen negativer und positiver Philosophie. Mit negativ und positiv sind keine Werturteile gemeint. Schelling verstand unter positiver Philosophie das naturhaft positiv Gegebene. In der Mythologie und den Offenbarungen der Religionen wird nach Schellings Ansicht das Wirken Gottes deutlich. Indem er dessen Wirken und Schaffen erkennt, in der Mythologie, aber auch und besonders in der Natur in all ihren Erscheinungen sowie in der Kunst, kommt der Mensch zur Erkenntnis Gottes.

Die fundamentalen Thesen dieser Theorie entwickelte Schelling in seiner Erlanger Zeit. Das bislang rein begriffliche Denken, das von der negativen Philosophie bestimmt wurde, wird durch Schelling überwunden und damit auch die Spaltung zwischen Subjekt und Objekt, wie die Romantik überhaupt versuchte, die scharfen Gegensätze, unter denen der Mensch leidet, miteinander zu versöhnen. Schelling erhob das schöpferische Ich zum obersten Prinzip seiner Naturphilosophie und animierte hierdurch zahlreiche junge Studenten, sich den Naturwissenschaften und der Entdeckung der Wunder dieser Welt zuzuwenden, so zum Beispiel den jungen Johann Baptist Spix aus Höchstadt und seinen Erlanger Freund Martius, die zu Expeditionen nach Brasilien aufbrachen.

Leider legte sich bald ein Schatten auf Schellings Erlanger Zeit. Gesundheitliche Probleme stellten sich ein und auch seine Frau Pauline wurde krank. Schelling war zweimal verheiratet. Seine erste Frau Caroline hatte er in seiner Jenaer Zeit kennengelernt, als sie noch mit August Wilhelm Schlegel verheiratet gewesen war. Die zwölf Jahre ältere Caroline wurde Schellings große Liebe. Mit Goethes Unterstützung ließ sie sich scheiden und die beiden konnten heiraten. Als Caroline 1809 starb, war Schellings Trauer unendlich. Erst als er die Tochter der besten Freundin seiner verstorbenen Frau heiratete, fand er wieder zu seinem privaten Glück zurück. Pauline schenkte ihm sechs Kinder, die beiden jüngsten wurden in Erlangen geboren. Als die Mutter erkrankte und zu einer längeren Kur nach Karlsbad musste, waren die familiären Sorgen groß. Schellings wissenschaftliche Arbeit litt darunter, öffentliche Vorlesungen wurden selten.

1827 endete seine Erlanger Zeit. Schelling wurde zum ordentlichen Professor an die neu gegründete Universität München berufen. Von dort lockte ihn 1841 der preußische König auf den vakanten Hegel-Lehrstuhl nach Berlin. Die Absicht Friedrich Wilhelms IV. war es, Hegels Philosophie vom Weltgeist durch die christlich geprägte Philosophie Schellings zu ersetzen. Diese Absicht scheiterte, vielleicht, weil dem mittlerweile 66 Jahre alten Schelling die Kräfte ausgingen. Kierkegaard, der sich länger in Berlin aufhielt, urteilte: »Ich bin zu alt, um Vorlesungen zu hören, ebenso wie Schelling zu alt ist, sie zu halten.«

Bei einem Kuraufenthalt 1854 im schweizerischen Bad Ragaz starb Friedrich Schelling und mit ihm der letzte deutsche Romantiker unter den Philosophen.

Mit Georg Wilhelm Friedrich Hegel (1770–1831) hatte der dritte der vier großen Philosophen des deutschen Idealismus enge Bezüge zum Frankenland. In Bamberg war er als Chefredakteur tätig und veröffentlichte dort seine *Phänomenologie des Geistes*, bevor er 1808 als Rektor des Egidien-Gymnasiums nach Nürnberg ging und dort acht Jahre wirkte. Auch der bekannteste Vertreter des deutschen Idealismus, Immanuel Kant (1724–1804), wäre beinah nach Franken gekommen, hatte er doch bereits einen Ruf an die Erlanger Universität angenommen. Das Schicksal aber wollte es anders, wovon das Buch »Kant kam nicht« erzählt.[7]

ENDNOTEN

1 Nietzsche, Friedrich: Brief an Erwin Rohde, Basel, 19. Juli 1870. Zitiert nach Friedrich Nietzsche, Werke und Briefe, Historisch-Kritische Gesamtausgabe, 3. Band, C.H. Beck'sche Verlagsbuchhandlung, München, 1940, S. 61.

2 Vgl. Wilkes, Johannes: Kant kam nicht, Mönau-Verlag, Erlangen, 2000.

3 Fuchs, Erich: Fichte in Erlangen: Historische Umstände und Bedeutung seiner Berufung. In: Fichte-Studien Band 34, S. 235–269, Rodopi, Amsterdam und New York, 2009.

4 Ebenda

5 Ebenda

6 Platen, August Graf von: Tagebücher. Aus der Handschrift des Dichters, Band 2, Cotta, Stuttgart, 1900, S. 440ff.

7 Vgl. Wilkes, Johannes: Kant kam nicht, Mönau-Verlag, Erlangen, 2000.

Weitere Titel finden Sie auf den folgenden Seiten und im Internet:

WWW.GMEINER-VERLAG.DE

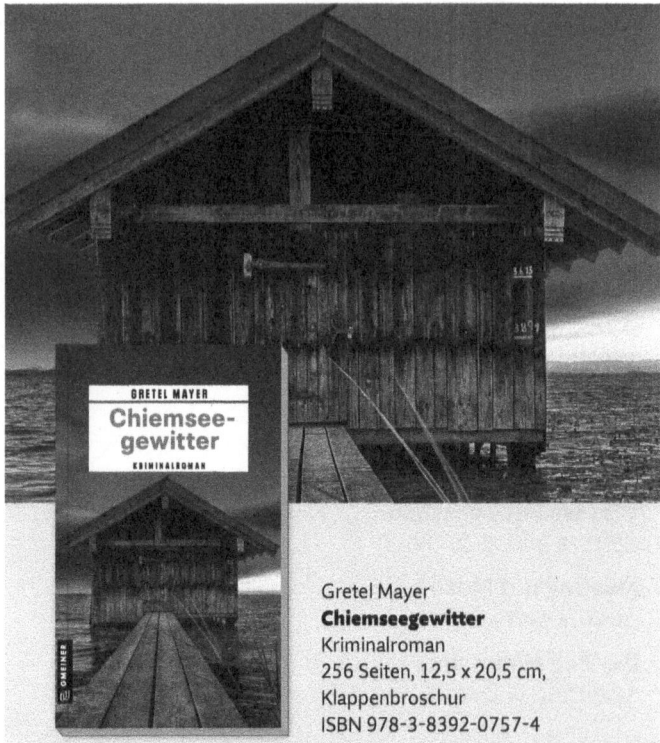